DÉTRUIRE
DIT-ELLE

OUVRAGES DE MARGUERITE DURAS
AUX ÉDITIONS DE MINUIT

MODERATO CANTABILE, *roman*, 1958.

DÉTRUIRE, DIT-ELLE, 1958.

LES PARLEUSES, *entretiens avec Xavière Gautier*, 1974.

LE CAMION, *suivi de* ENTRETIEN AVEC MICHELLE PORTE, 1977.

LES LIEUX DE MARGUERITE DURAS, *en collaboration avec Michelle Porte*, 1977.

L'HOMME ASSIS DANS LE COULOIR, 1980.

L'ÉTÉ 80, 1980.

AGATHA, 1981.

L'HOMME ATLANTIQUE, 1982.

SAVANNAH BAY, 1982.

LA MALADIE DE LA MORT, 1983.

L'AMANT, 1984.

MARGUERITE DURAS

DÉTRUIRE
DIT-ELLE

LES ÉDITIONS DE MINUIT

ISBN 2.7073.0136-1

Pour Dionys Mascolo

Temps couvert.

Les baies sont fermées.

Du côté de la salle à manger où il se trouve, on ne peut pas voir le parc.

Elle, oui, elle voit, elle regarde. Sa table touche le rebord des baies.

A cause de la lumière gênante, elle plisse les yeux. Son regard va et vient. D'autres clients regardent aussi ces parties de tennis que lui ne voit pas.

Il n'a pas demandé de changer de table.

Elle ignore qu'on la regarde.

Il a plu ce matin vers cinq heures.

Aujourd'hui c'est dans un temps mou et lourd que frappent les balles. Elle porte une robe d'été.

Devant elle, il y a le livre. Commencé depuis son arrivée à lui? ou encore avant?

Près du livre il y a deux flacons de pilules

blanches. Elle en prend à chaque repas. Quelquefois elle ouvre le livre. Puis elle le referme presque aussitôt. Elle regarde le tennis.

Sur d'autres tables d'autres flacons, d'autres livres.

Les cheveux sont noirs, gris noirs, lisses, ils ne sont pas beaux, secs. On ne sait pas la couleur des yeux qui, lorsqu'elle se retourne, restent encore crevés par la lumière, trop directe, près des baies. Autour des yeux, lorsqu'elle sourit, la chair est déjà délicatement laminée. Elle est très pâle.

Aucun des clients de l'hôtel ne joue au tennis. Ce sont des jeunes gens des environs. Personne ne se plaint.

— C'est agréable, cette jeunesse. Ils sont d'ailleurs discrets.

Aucun autre que lui ne l'a remarquée.

— On se fait à ce bruit.

Il y a six jours quand il est arrivé elle était déjà là, le livre devant elle et les pilules, enfermée dans une longue veste et un pantalon noir. Il faisait frais.

Il avait remarqué l'élégance, la forme,

puis le mouvement, puis le sommeil chaque jour dans le parc, puis les mains.

Quelqu'un téléphone.

La première fois elle était dans le parc. Il n'a pas écouté le nom. La deuxième fois, il l'a mal entendu.

Quelqu'un téléphone donc après la sieste. Une consigne sans doute.

Soleil. Septième jour.

La voici encore, près du tennis, sur une chaise longue blanche. Il y a d'autres chaises longues blanches vides pour la plupart, vides, naufragées face à face, en cercle, seules.

C'est après la sieste qu'il la perd de vue.

Du balcon il la regarde. Elle dort. Elle est grande, ainsi morte, légèrement cassée à la charnière des reins. Elle est mince, maigre.

Le tennis est désert à cette heure-là. On n'a pas le droit d'en faire pendant la sieste. Il reprend vers quatre heures, jusqu'au crépuscule.

11

Septième jour. Mais dans la torpeur de la sieste une voix d'homme éclate, vive, presque brutale.

Personne ne répond. On a parlé seul.

Personne ne se réveille.

Il n'y a qu'elle qui se tienne aussi près des tennis. Les autres sont plus loin, soit à l'abri des haies soit sur les pelouses, au soleil.

La voix qui vient de parler résonne dans l'écho du parc.

Jour. Huitième. Soleil. La chaleur est venue.

Elle, si ponctuelle, était absente à midi lorsqu'il est entré dans la salle à manger. Elle est arrivée alors que le service était commencé, souriante, calme, moins pâle. Il savait qu'elle n'était pas partie à cause du livre et des pilules, du couvert mis, du calme qui avait régné ce matin dans les couloirs de l'hôtel. Aucune arrivée, aucune sortie. Il savait, raisonnablement, qu'elle n'était pas partie.

Quand elle arrive, elle passe près de sa table.

Elle se tient de profil face à la baie. La surveillance dans laquelle il la tient en est facilitée.

Elle est belle. C'est invisible.

Le sait-elle?

— Non. Non.

La voix se perd du côté de la porte de la forêt.

Personne ne répond. C'est la même voix vive, presque brutale.

Le ciel est aujourd'hui sans nuages. La chaleur augmente, s'installe, pénètre dans la forêt, le parc.

— Il ferait presque lourd, vous ne trouvez pas?

Des rideaux bleus ont été abaissés sur les baies. Sa table est dans la lumière bleue des stores. Ses cheveux en sont noirs. Ses yeux en sont bleus.

Aujourd'hui le bruit des balles frappe dans les tempes, le cœur.

Crépuscule dans l'hôtel. Dans la lumière de néon de la salle à manger la voici encore, décolorée, vieillie.

Tout à coup, dans un geste nerveux, elle verse de l'eau dans son verre, ouvre les flacons, prend des pilules, avale.

C'est la première fois qu'elle double la dose.

Il fait encore de la lumière dans le parc. Presque tout le monde est parti. Les voiles rigides des baies relevées laissent passer du vent.

Elle se calme.

Il a pris le livre, le sien à lui, il l'ouvre. Il ne lit pas.

Des voix arrivent du parc.

Elle sort.

Elle vient de sortir.

Il ferme le livre.

Neuf heures, crépuscule, crépuscule dans l'hôtel et sur la forêt.

— Vous permettez?

Il relève la tête et le reconnaît. Il a toujours été là, dans cet hôtel, depuis le premier jour. Il l'a toujours vu, oui, soit dans le parc, soit dans la salle à manger, dans les couloirs, oui, toujours, sur la route devant l'hôtel, autour du tennis, la nuit, le jour, à tourner dans cet espace, à tourner, seul. Son âge n'est pas ce qui apparaît, mais ses yeux.

Il s'assied, prend une cigarette, lui en offre une.

— Je ne vous dérange pas?

— Non non.

— Je suis seul moi aussi dans cet hôtel. Vous comprenez.

— Oui.

Elle se lève. Elle passe.

Il se tait.

— Nous sommes les derniers tous les soirs, regardez, il n'y a plus personne.

Sa voix est vive, presque brutale.

— Vous êtes un écrivain?

— Non. Pourquoi me parlez-vous aujourd'hui?

— Je dors mal. Je redoute d'aller dans ma chambre. Je tourne en proie à des pensées exténuantes.

Ils se taisent.

— Vous ne m'avez pas répondu. Pourquoi aujourd'hui?

Il le regarde enfin.

— Vous l'attendiez?

— C'est vrai.

Il se relève, l'invite du geste.

— Allons nous asseoir près des baies, voulez-vous?

— Ce n'est pas la peine.

— Bon.

Il n'a pas entendu son pas dans l'escalier. Elle doit être allée dans le parc, en attendant que la nuit vienne tout à fait. Ce n'est pas sûr.

— Il n'y a que des gens fatigués ici, vous le saviez? Voyez, il n'y a pas d'enfants, ni de chiens, ni de journaux, ni de télévision.

— C'est pour ça que vous y venez?

— Non. Je viens là comme j'irais ailleurs. J'y reviens tous les ans. Je suis comme vous,

je ne suis pas malade. Non. J'ai des sou-
venirs attachés à cet hôtel. Ils ne vous
intéresseraient pas. J'y ai rencontré une
femme.

— Elle n'est pas revenue?

— Elle a dû mourir.

Il dit tout de la même voix, son débit
est monotone.

— Entre autres hypothèses, ajoute-t-il,
c'est celle que je retiens.

— Néanmoins, vous revenez pour la
retrouver?

— Non non, je ne le crois pas. N'allez
pas croire qu'il s'agissait d'une... non, non...
Mais elle a retenu mon attention pendant tout un été. C'est tout ce qui a eu
lieu.

— Pourquoi?

Il attend avant de répondre. Il regarde
rarement dans les yeux.

— Je ne saurais pas vous le dire. Il s'agissait de moi, de moi devant elle. Vous
comprenez? Si nous allions près des baies?

Ils se lèvent, traversent la salle à manger
vide. Ils restent debout près des baies, face

au parc. Elle était là, oui. Elle marche le long de la grille du tennis, en noir aujourd'hui. Elle fume. Tous les clients sont dehors. Il ne regarde pas le parc.

— Je m'appelle Stein, dit-il. Je suis juif.

Voici, elle passe tout près du porche. Elle est passée.

— Vous avez entendu mon nom?

— Oui. C'est Stein. Il doit faire très doux. Je les croyais couchés. Ils sont tous dehors, vous voyez.

— Aujourd'hui le bruit des balles frappait dans les tempes, le cœur, vous ne trouvez pas?

— Je trouve oui.

Silence.

— Ma femme doit venir me chercher dans quelques jours. Nous partons en vacances.

Son visage lisse se ferme davantage encore. S'attriste-t-il?

— Tiens, je n'imaginais pas cela.

— Quoi d'autre imaginiez-vous?

— Rien. Vous comprenez? Je n'imaginais rien.

Quatre personnes se mettent à faire du croquet à cette heure-là du soir. On entend leurs rires.

— Que d'animation, dit-il.

— Ne changez pas de sujet.

— Ma femme est très jeune. Elle pourrait être mon enfant.

— Son nom?

— Alissa.

— J'imaginais que vous étiez un homme libre de toute attache à l'extérieur de l'hôtel — il sourit —, on ne vous appelle jamais au téléphone. Vous ne recevez jamais de courrier. Et voici, tout à coup, voici qu'arrive Alissa.

Elle reste debout devant une allée — celle qui mène à la forêt — hésite, puis se dirige vers le porche de l'hôtel.

— Dans trois jours. Alissa est dans sa famille. Il y a deux ans que nous sommes mariés. Elle va chaque année dans sa famille. Elle y est depuis une dizaine de jours déjà. Je revois mal son visage.

Elle est rentrée. C'est son pas. Elle traverse le couloir.

— J'ai vécu avec différentes femmes, dit Stein. Nous avons à peu près le même âge, alors j'ai eu du temps pour les femmes, mais jamais je ne me suis marié à aucune, même si je me suis prêté à la comédie du mariage, je n'ai jamais accepté sans ce hurlement intérieur du refus. Jamais.

Elle est dans l'escalier maintenant.

— Et vous? Êtes-vous un écrivain?

— Je suis en passe de le devenir, dit Stein. Vous comprenez?

— Oui. Depuis toujours sans doute?

— Oui. A quoi l'aviez-vous deviné?

Plus aucun bruit d'aucune sorte maintenant. Elle doit avoir atteint sa chambre.

— A quoi? redemande Stein.

— A votre acharnement à poser des questions. Pour n'arriver nulle part.

Ils se regardent et se sourient.

Stein montre devant lui, le parc et au-delà.

— Au-delà de ce parc, dit-il, à une dizaine de kilomètres de l'hôtel il y a une esplanade, célèbre. On voit l'ensemble des collines sur lesquelles par ici repose le paysage.

— C'est là qu'ils vont quand l'hôtel est désert l'après-midi?

— Oui. Ils reviennent toujours avec le crépuscule, vous avez remarqué?

Silence.

— A part cette esplanade?

— Je n'ai entendu parler de rien d'autre qui fût à voir. De rien. Non... Autrement, non. Il n'y a que la forêt. Elle est là de tous les côtés.

La cime des arbres est gagnée à son tour par la nuit. Il ne reste aucune couleur.

— Je ne connais que le parc, dit Max Thor. Je suis resté là.

Silence.

— Au bout de l'allée centrale, dit Max Thor, il y a une porte.

— Ah, vous avez remarqué?

— Oui.

— Ils ne vont pas dans la forêt.

— Ah, vous saviez aussi? dit Stein.

— Non. Non. Je ne savais pas.

Silence.

Puis Stein s'en va comme il est arrivé, sans hésitation, sans prévenir. Il quitte la salle à manger de son long pas infatigable. Une fois dans le parc, il ralentit sa marche. Il se promène parmi les autres. Il les regarde sans retenue aucune. Il ne leur parle jamais.

Soleil et chaleur dans le parc.

Sur la chaise longue elle a bougé. Elle s'est retournée et s'est rendormie, les jambes étirées, disjointes, la tête prise dans son bras. Il avait évité de passer devant elle jusqu'aujourd'hui. Aujourd'hui, en revenant du fond du parc il le fait, il passe devant elle. Le bruit de son pas sur le gravier entame l'immobilité du corps endormi qui tressaille. Le bras se soulève un peu, et dessous, des yeux ouverts le voient dans un regard vide. Il passe. Le corps reprend son immobilité. Les yeux se referment.

Stein était sur le perron de l'hôtel, l'air absent. Ils se croisent.

— Je suis toujours tremblant, dit Stein, dans une incertitude tremblante.

Nuit. Sauf des lueurs frisantes au fond du parc, nuit.

Stein est maintenant là presque chaque soir près de lui. Il arrive après le dîner. Elle est encore à table. A sa droite il reste un dernier couple qui s'attarde. Elle, elle attend. Quoi?

Rougeoiement sombre tout à coup de la dernière lumière.

Ils, Stein et lui, sont sortis de table. Ils se sont allongés sur des fauteuils, à l'opposé de l'endroit où elle se tient. Une lampe est allumée. Deux miroirs reçoivent le couchant.

— On demande madame Élisabeth Alione au téléphone.

Une voix nette, haute, d'aérogare, a appelé. Stein, lui, n'a pas bougé.

Elle se lève. Elle traverse la salle à manger. Sa démarche est aisée. Elle sourit machinalement en passant près des fauteuils. Elle disparaît dans l'entrée.

Le dernier couple sort. Dans le silence aucun son ne parvient de la cabine téléphonique qui se trouve derrière le bureau, dans l'autre aile de l'hôtel.

Stein se lève et va du côté des baies.

On éteint les lampes du fond de la salle à manger.

On ne doit pas savoir qu'il reste encore du monde.

— Elle ne reviendra plus ce soir, dit Stein.

— Vous connaissiez ce nom?

— Je devais le savoir, j'ai dû l'avoir su et l'oublier. Il ne m'a pas surpris.

Il regarde vers le parc avec une grande attention.

— Ils sont tous dehors, dit-il. Sauf elle. Et nous. Elle n'aime pas le soir.

— Vous vous trompez, elle va dans le parc après le dîner.

— Très peu de temps. Et elle fuit.

Il revient d'un pas calme et se rassied près de lui. Il le regarde longuement, inexpressif.

— Cette nuit, dit Stein, alors que j'étais

dans le parc, je vous ai vu à votre table en train d'écrire quelque chose avec lenteur et difficulté. Votre main est restée longtemps au-dessus de la page. Puis elle a écrit de nouveau. Et puis tout à coup elle a abandonné. Vous vous êtes levé et vous êtes allé sur le balcon.

— Je dors mal. Je suis comme vous.

— Nous dormons mal.

— Oui. J'écoute. Les chiens. Les craquements des murs. Jusqu'au vertige. Alors j'écris quelque chose.

— C'est ça, oui... Une lettre?

— Peut-être. Mais à qui? à qui? Dans le silence de la nuit ici, dans cet hôtel vide, à qui s'adresser, n'est-ce pas?

— Quelle exaltation, dit Stein, nous vient la nuit, c'est vrai, à vous et à moi. Je marche dans le parc. Quelquefois j'entends ma voix.

— Je vous ai vu quelquefois. Entendu aussi juste avant le lever du jour.

— C'est ça oui. C'est moi. Avec les chiens au loin, c'est moi qui parle.

Ils se regardent en silence.

— Vous l'avez sur vous? demande Stein.
— Oui.

Il prend dans sa poche l'enveloppe blanche et la tend à Stein. Stein l'ouvre, déplie, se tait, lit.

— « Madame, lit Stein. Madame, il y a dix jours que je vous regarde. Il y a en vous quelque chose qui me fascine et qui me bouleverse dont je n'arrive pas, dont je n'arrive pas, à connaître la nature. »

Stein s'arrête et reprend.

— « Madame, je voudrais vous connaître sans rien en attendre pour moi. »

Stein remet la feuille dans l'enveloppe et la pose sur la table.

— Quel calme, dit Stein. Pourrait-on croire que nos nuits sont si dures?

Stein se renverse sur son fauteuil. Ils ont tous les deux la même pose.

— Vous ne savez rien? demande Stein.
— Rien. Que ce visage. Et ce sommeil.

Stein allume le lampadaire entre les deux fauteuils et le regarde.

Silence.

— Elle ne reçoit pas de courrier, elle

non plus, reprend Stein. Mais quelqu'un téléphone. En général après la sieste. Elle porte une alliance. Personne n'est encore venu.

Silence.

Stein se relève lentement et sort.

Pendant l'absence de Stein il se lève, va vers la table d'Élisabeth Alione, il fait un geste vers le livre refermé. Ne l'achève pas, il ne retourne pas le livre.

Stein revient avec le registre de l'hôtel. Ils vont se rasseoir sous la lampe.

— Ils ne sont jamais dans le bureau à cette heure-ci, dit-il, c'est facile.

Il feuillette le registre, s'arrête.

— La voici, dit Stein.

— Alione, dit Stein avec une grande clarté, — il déchiffre lentement, sa voix a baissé — Alione. Nom de jeune fille : Villeneuve. Née à Grenoble le 10 mars 1931. Sans profession. Française. Domiciliée 5 avenue Magenta à Grenoble. Arrivée le 2 juillet.

Stein feuillette le registre et s'arrête de nouveau.

— Vous voici, dit Stein. Vous la touchez. Thor. Max Thor, né à Paris le 20 juin 1929. Professeur. Français. Domicilié 4 rue Camille-Dubois à Paris. Arrivée le 4 juillet.

Il ferme le registre. Il sort et revient tout aussitôt. Il se rassied près de Max Thor toujours allongé.

— Nous savons quelque chose, dit-il. Nous avançons peu à peu. Nous savons pour Grenoble. Et les mots : Villeneuve, Élisabeth, et Villeneuve à dix-huit ans.

Stein paraît écouter quelque chose. On marche au premier étage.

— Ils sont montés se coucher, dit-il. Si vous le voulez, maintenant, nous pourrions faire quelques pas dans le parc? Les fenêtres des chambres sont encore éclairées.

Max Thor ne bouge pas.

— Alissa, dit Max Thor, Alissa. Je l'attends avec impatience.

— Venez, dit doucement Stein.

Il se lève. Ils s'éloignent. Avant d'atteindre la sortie, Stein montre la table où se trouve la lettre.

— Nous la laissons sur la table? demande-t-il.

— Personne ne vient jamais par ici, dit Max Thor. Elle ne porte aucun nom.

— La laissez-vous pour Alissa?

— Ah... peut-être pour Alissa, oui, dit Max Thor.

Il montre la place d'Élisabeth Alione, sa table.

— Elle lit le même roman depuis huit jours, dit-il. Même format, même couverture. Elle doit le commencer, oublier ce qu'elle a lu, recommencer, sans fin. Le saviez-vous?

— Oui.

— Quel est ce livre?

Stein réfléchit.

— Je peux regarder si vous voulez. Je peux me permettre de faire des choses que vous ne feriez pas, vous comprenez.

— Faites comme vous voudrez.

Stein va vers la table d'Élisabeth Alione, ouvre le livre à la page de garde, revient.

— Ce n'est rien, dit Stein, rien. Un roman pour le train. Rien.

— C'était ce que j'avais imaginé, dit Max
Thor. Rien.

Jour éclatant. Il a plu le matin. Dimanche.

— Mes frères sont venus avec leurs
femmes et leurs enfants, dit Alissa. La
maison était pleine.

Élisabeth Alione ouvre le livre. Max Thor
écoute Alissa.

— C'était assez gai, je dois dire, le soir
surtout. Maman est restée très jeune.

Élisabeth Alione ferme le livre. Il y a
trois couverts à sa table. Elle regarde du
côté de la porte de la salle à manger. Elle
est en noir. Les baies sont fermées.

— Tu n'as pas changé d'avis? Nous irons
toujours à Noël?

— Je serai content d'y aller quelques
jours, oui.

— Je me demande pourquoi tu t'ennuies
avec eux, dit Alissa en souriant. Ils ne sont
pas plus ennuyeux que les autres... je ne
trouve pas.

— Je me sens comme un peu déplacé là-bas. Je ne suis pas beaucoup plus jeune que ta mère.

— J'ai pensé quelquefois que j'étais trop jeune.

Max Thor paraît surpris.

— Je n'y ai jamais pensé, dit-il. Sauf pour la fin de ma vie qui sera sans doute solitaire. Mais tu vois, j'ai accepté cet abandon dès le premier jour.

— Moi aussi.

Ils rient. Et tandis que Stein traverse la salle à manger, Élisabeth Alione se lève et rit aussi en direction de la porte : un homme et une petite fille viennent d'entrer. Alissa regarde l'homme.

— Un homme beau de la province, dit Alissa.

— Anita, dit Élisabeth Alione.

La voix arrive de loin, douce, prévue. Ils se sont embrassés.

Ils se sont assis.

— Qui est dans cet hôtel?

— Des gens malades — il sourit, moqueur —, je m'en suis aperçu brusquement dimanche dernier : les familles viennent le matin et repartent le soir. Il n'y a pas d'enfants.

Alissa se retourne et regarde.

— C'est vrai... Alors, tu ne veux pas partir tout de suite?

— Je te l'ai dit?

— Dans la chambre quand je suis arrivée.

— Oh, quelques jours, mais aussi bien on peut partir demain matin comme c'était décidé.

Silence.

— Tu n'as peut-être pas envie de voyager cette année? demande Alissa avec retard. Elle sourit. — Tu as déjà beaucoup voyagé...

— Ce n'est pas ça.

Ils se regardent.

— Je me sens bien ici, comme heureux.

Anita doit avoir quatorze ans.

Le mari d'Élisabeth Alione est peut-être plus jeune qu'elle.

— Comme heureux? demande Alissa.

— Je voulais dire : à l'aise.

Stein repasse et adresse un bref salut à Max Thor. Alissa regarde très attentivement Stein.

— C'est un nommé Stein. Quelquefois nous parlons.

Les premiers couples commencent à sortir. Alissa ne les voit pas.

— Stein, dit Max Thor. Un juif aussi.

— Stein.

— Oui.

Alissa regarde vers les baies.

— C'est vrai que cet hôtel est agréable, dit-elle. A cause de ce parc surtout.

Elle écoute. — Où est le tennis?

— En bas, il touche presque l'hôtel.

Alissa s'immobilise.

— Il y a la forêt.

Elle la regarde, ne regarde que la forêt tout à coup.

— Oui.

— Elle est dangereuse? demanda-t-elle.

— Oui. Comment le sais-tu?

— Je la regarde, dit-elle, je la vois.

Elle réfléchit, les yeux toujours au-déjà du parc, vers la forêt.

— Pourquoi est-elle dangereuse? demande-t-elle.

— Comme toi, je ne sais pas. Pourquoi?

— Parce qu'ils en ont peur, dit Alissa. Elle s'adosse à sa chaise, le regarde, le regarde.

— Je n'ai plus faim, dit-elle.

La voix a changé tout à coup. Elle s'est assourdie.

— Je suis profondément heureux que tu sois là.

Elle se retourne. Son regard revient. Lentement.

— Détruire, dit-elle.

Il lui sourit.

— Oui. Nous allons monter dans la chambre avant d'aller dans le parc.

— Oui.

Élisabeth Alione pleure en silence. Ce n'est pas une scène. L'homme a frappé sur la table légèrement. Personne ne peut voir qu'elle pleure, excepté lui qui ne la regarde pas.

— Je n'ai fait la connaissance de personne. Sauf de ce Stein.

— Le mot « heureux » t'a échappé tout à l'heure?

— Non... je ne crois pas.

— Heureux dans cet hôtel. Heureux, c'est curieux.

— Je suis moi-même un peu surpris.

Élisabeth Alione pleure d'envie de partir de l'hôtel. Lui ne veut pas. La petite fille s'est levée et elle est allée dans le parc.

— Pourquoi cette femme pleure-t-elle? demande doucement Alissa. Cette femme derrière moi?

— Comment le sais-tu? crie Max Thor.

Personne ne se retourne.

Alissa cherche. Et elle lui fait signe qu'elle ne sait pas. Max Thor est de nouveau calme.

— La chose arrive fréquemment lorsqu'il y a des visites, dit-il.

Elle le regarde.

— Tu es fatigué.

Il sourit.

— Je ne dors pas.

Elle ne s'étonne pas. La voix s'assourdit encore.

— Quelquefois, le silence peut empêcher de dormir, la forêt, le silence?

— Peut-être, oui.

— La chambre d'hôtel?

— Aussi, oui.

La voix est maintenant presque imperceptible. Les yeux d'Alissa sont immenses, profondément bleus.

— C'est une idée, de rester quelques jours, dit-elle.

Elle se lève. Elle titube. Il n'y a plus qu'Élisabeth et son mari dans la salle à manger. Stein est revenu.

— Je vais dans le parc, murmure Alissa.

Max Thor se lève. Il rencontre Stein dans l'entrée de l'hôtel. Il est illuminé de bonheur.

— Vous ne m'aviez pas dit qu'Alissa était folle, dit Stein.

— Je ne le savais pas, dit Max Thor.

Parc. Jour. Dimanche.

Le groupe que forme Élisabeth Alione

et sa famille se rapproche d'Alissa et de Max Thor. Ils passent devant eux. Ils se dirigent vers le porche. On entend — une voix d'homme :

— Le docteur a été formel, tu dois dormir.

Élisabeth tient Anita par la taille. Elle sourit.

— On reviendra une dernière fois — voix d'enfant.

Alissa regarde-t-elle? Oui.

Ils sont dans l'ombre d'un arbre. Élisabeth revient lentement. Alissa ferme les yeux. Élisabeth s'allonge sur la chaise longue. Elle ferme les yeux à son tour. Sur son visage, le sourire du depart disparaît peu à peu pour laisser place à l'absence de toute expression.

— C'est une malade? demande Alissa.

Elle a parlé d'une voix basse, terne.

— Sans doute. Elle dort l'après-midi chaque jour.

— On n'entend plus rien que des oiseaux, dit Alissa — elle gémit.

Elle ferme les yeux à son tour.

Silence. Du vent.

Élisabeth Alione ouvre les yeux, ramène sur elle un plaid blanc.

Silence.

— Ne t'inquiète pas, dit Max Thor.

— Quelque chose est arrivé, n'est-ce pas?

— Je ne sais pas.

Voici Stein. Il sort de l'hôtel.

— Que je peux comprendre?

— Oui.

Stein ne s'arrête pas devant eux mais il les regarde. Ils se tiennent les yeux fermés. Ils sont également pâles. Stein s'en va d'un long pas hésitant vers le fond du parc.

— Il y a dans cet hôtel quelque chose qui me trouble et qui me retient. Je reconnais mal. Je ne cherche pas à reconnaître mieux. D'autres pourraient dire qu'il s'agit de désirs très anciens, de rêves faits dans l'enfance...

Alissa ne bouge pas.

— Écrire, peut-être, dit Max Thor. Car tout se passe, ici, comme si je comprenais qu'on puisse... — il sourit les yeux fermés — chaque nuit, depuis que je suis arrivé dans cet hôtel, je suis sur le point de commencer... je n'écris pas, je n'écrirai jamais... oui, chaque nuit change ce que j'écrirais si j'écrivais.

— Ainsi, cela se passe la nuit.

— Oui.

Silence. Il a les yeux fermés.

— Tu as un air de bonheur, dit-elle.

Silence.

— Je te parlais.

— Oui. Je ne comprends pas. Je ne comprends pas encore, dit-elle.

Il ne répond pas.

Stein revient.

Max Thor ne le voit pas.

Stein se dirige vers eux.

— Voici Stein, dit Alissa.

— Laisse-le, qu'il vienne, crie Max Thor. Il l'appelle : — Stein, nous sommes là.

— Il vient.

Stein est là.

— Je suis revenue trop tôt, lui crie Alissa.

Stein ne répond pas. Il regarde le parc, les gens qui dorment. Personne n'a bougé depuis tout à l'heure. Stein, dressé au-dessus d'Alissa, la regarde.

— Je ne comprends, je ne comprends pas encore, lui crie Alissa.

Stein, dressé au-dessus d'Alissa, la regarde, la regarde.

— Alissa, dit-il, il vous attendait, il comptait les jours.

— Justement, crie Alissa.

Stein ne répond pas. Max Thor paraît en proie à un profond repos depuis que Stein est arrivé.

— Peut-être que nous nous aimons trop? demande Alissa, que l'amour est trop grand, crie-t-elle, entre lui et moi, trop fort, trop, trop?

— Entre lui et moi? continue à crier Alissa. Entre lui et moi seulement, il y aurait trop d'amour?

Stein ne répond pas.

Elle s'arrête de crier. Elle se met à regarder Stein.

— Je ne crierai plus jamais, dit Alissa.

Elle lui sourit. Ses yeux sont immenses et d'un bleu profond.

— Stein, dit-elle tout bas.

— Oui.

— Stein, il était sans moi, la nuit, dans sa chambre. Tout avait recommencé d'exister sans moi, la nuit aussi.

— Non, dit Max Thor, c'est impossible qu'elle existe privée de toi désormais.

— Mais je n'étais pas là, crie faiblement Alissa, ni dans la chambre ni dans le parc.

Silence. Brutalement, le silence.

— Dans le parc, dit Stein, si. Vous étiez déjà dans le parc.

Elle le désigne qui se tient les yeux fermés, toujours.

— Peut-être qu'il ne sait pas? demande-t-elle à Stein, qu'il ne sait pas ce qui lui est arrivé?

— Il ne sait pas, dit Stein.

— Il n'était plus indispensable de te rencontrer, dit Max Thor.

Il ouvre les yeux, les regarde. Eux ne le regardent pas.

— C'est ce que je sais, dit-il.

— Ce n'est pas la peine de souffrir, Alissa, dit Stein. Ce n'est pas la peine.

Stein s'assied sur le gravier, regarde le corps d'Alissa, oublie. Là-bas, Élisabeth Alione s'est retournée vers le porche de l'hôtel. Elle s'est rendormie.

Silence. Silence sur Alissa.

— Stein, demande Alissa, c'est dans le parc que vous dormez?

— Oui, c'est dans différents endroits du parc, justement.

Max Thor tend la main et prend celle glacée d'Alissa, sa femme écartelée dans un regard bleu.

— Ne souffrez plus, Alissa, dit Stein.

Stein se rapproche, il pose sa tête sur les jambes nues d'Alissa. Il les caresse, il les embrasse.

— Comme je te désire, dit Max Thor.

— Comme il vous désire, dit Stein, comme il vous aime.

Crépuscule. Gris.

Il fait encore assez de jour pour jouer au tennis. Les balles tapent dans le crépuscule gris.

Près des baies aussi, il fait encore clair. Tandis que dans le fond de la salle à manger des lampes sont déjà allumées.

Les baies sont ouvertes. La chaleur se maintient. Élisabeth Alione se lève et va vers l'ouverture des baies. Elle regarde le tennis, puis le parc.

— Je ne te connaîtrais pas encore, dit Alissa, on ne se serait pas dit un mot. Je serais à cette table. Toi, à une autre table, seul, comme moi — elle s'arrête —, il n'y aurait pas Stein, n'est-ce pas? pas encore?

— Pas encore. Stein vient plus tard.

Alissa regarde fixement la partie sombre de la salle à manger, la montre du doigt.

— Là, dit-elle, tu serais là. Toi, là. Moi, ici. On serait séparés. Séparés par les tables, les murs des chambres — elle écarte ses poings fermés et elle crie doucement : — séparés encore.

Silence.

— Il y aurait nos premières paroles, dit Max Thor.

— Non, crie Alissa.

— Nos premiers regards, dit Max Thor.

— Peut-être, non, non.

Silence. Ses mains sont de nouveau sur la table.

— Je cherche à comprendre, dit-elle.

Silence. Élisabeth Alione est dans l'ouverture des baies, le corps penché dans le trou d'air gris sous la vitre suspendue.

— Qu'y aurait-il? demande Max Thor.

Elle cherche, cherche.

— Un crépuscule gris, dit-elle enfin. Elle le montre. — Je regarderais les tennis et tu viendrais près. Je n'entendrais rien. Et tu serais près tout à coup. Tu regarderais aussi.

Elle n'a pas désigné Élisabeth Alione qui regarde.

Silence sur l'hôtel. Le tennis cesse-t-il?

— Tu cherches à comprendre, dit-elle, toi aussi.

— Oui. Il y aurait une lettre peut-être?

— Oui, une lettre, peut-être.

— « Il y a dix jours que je vous regarde », dit Max Thor.

— Oui. Sans adresse, jetée. Je la trouverais, moi.

Non, les tennis de nouveau. Les balles giclent dans un crépuscule liquide, un lac gris. Élisabeth Alione prend une chaise, s'assied sans bruit. La partie est animée.

— Mais c'est fait, n'est-ce pas?

Il hésite.

— Peut-être, dit-il.

— C'est vrai. Peut-être que ce n'est pas sûr.

Elle sourit, tendue vers lui.

— Il faudrait se séparer tous les étés, dit-elle, s'oublier, comme si c'était possible?

— C'est possible — il l'appelle : — Alissa, Alissa.

Elle est sourde. Son débit est lent tout à coup, clair.

— C'est quand tu es là que je peux t'oublier, dit-elle. Où en est ce livre? Est-ce que tu penses à ce livre?

— Non. Je te parle.

Elle se tait.

— Quel est le personnage de ce livre?

— Max Thor.

— Que fait-il?

— Rien. Quelqu'un regarde.

Elle se retourne vers Élisabeth Alione qui, de profil, regarde les tennis, le corps droit.

— Par exemple une femme? demande Alissa.

— Par exemple, oui. Toi si je ne te connais pas ou cette femme qui regarde.

— Quoi?

— Les tennis, je crois.

On dirait qu'Alissa n'a pas compris la désignation d'Élisabeth Alione.

— On les regarde beaucoup. Même quand ils sont déserts, quand il pleut. C'est une occupation machinale.

— Dans le livre que je n'ai pas écrit il n'y avait que toi, dit Alissa.

— Avec quelle force, dit Max Thor en riant, avec quelle force cela s'impose quelquefois, de ne pas l'écrire. Je n'écrirai jamais de livres.

— Peut-on dire une chose pareille?

— De façon délibérée, oui.

— Stein écrira, dit Alissa. Alors nous n'avons pas besoin d'écrire.

— Oui.

Élisabeth Alione de sa démarche tranquille quitte la clarté des baies. Elle frôle les tables vides, la leur aussi bien. Elle se tient les yeux baissés. Max Thor détourne son regard très légèrement vers Alissa, Alissa qui la regarde sans attention particulière, semble-t-il.

Elle est sortie. Ils se taisent.

— Ainsi il y aurait à dire sur les tennis? demande Alissa.

— Oui. Sur les tennis qui sont regardés.

— Par une femme?

— Oui. Distraite.

— Par quoi?

— Le néant.

— Sur les tennis déserts, la nuit, continue Alissa, y aurait-il à dire aussi?

— Oui.

— On dirait des cages, rêve Alissa. Inventerais-tu dans ton livre?

— Non. Je décrirais.

— Stein?

— Non. Stein regarde pour moi. Je décrirais ce que Stein regarde.

Alissa se lève, va vers les baies, revient. Max Thor regarde la forme fragile de son corps.

— Je voulais voir ce qu'elle regardait, dit Alissa.

— Tu es si jeune, dit Max Thor, que lorsque tu marches...

Elle ne répond pas.

— Qu'est-ce que tu fais toute la journée? La nuit?

— Rien.

— Tu ne lis pas?

— Non. Je fais semblant.

— Où en es-tu dans ce livre?

— Dans des préambules sans fin.

Il s'est levé. Ils se regardent. Elle a les yeux brillants.

— C'est un beau sujet, dit Alissa. Le plus beau.

— Quelquefois je parle avec Stein. Cet état ne peut durer que quelques jours.

Elle est dans ses bras. Et elle le repousse.

— Va dans ce parc, dit-elle. Disparais dans ce parc. Qu'il te dévore.

C'est alors qu'ils s'embrassent que les lumières s'éteignent et que s'allument, comme une désignation, ces deux places du fond de la salle à manger.

— Je viendrai, dit Alissa. Je viendrai dans le parc avec toi.

Max Thor sort. Alissa court vers le fauteuil et s'y plonge, la tête dans ses mains.

Nuit complète.

Les lampadaires du parc sont allumés. Dans la salle à manger il y a toujours la forme d'Alissa sur le fauteuil. Stein apparaît. Il va vers Alissa. Il s'assied près d'elle sans un mot, tranquille. Sur la table il y a l'enveloppe blanche.

— Alissa, appelle-t-il enfin. C'est Stein.

— Stein.

— Oui. Je suis là.

Elle ne bouge pas. Stein se laisse glisser à terre, pose sa tête sur les genoux d'Alissa.

— Je ne vous connais pas, Alissa, dit Stein.

— Il a cessé de m'aimer d'une certaine façon peut-être ?

— C'est ici qu'il a compris qu'il ne pouvait plus imaginer sa vie sans toi.

Ils se taisent. Il pose ses mains sur le corps d'Alissa.

— Tu fais partie de moi, Alissa. Ton corps fragile fait partie de mon corps. Et je t'ignore.

Une voix nette et haute d'aérogare appelle dans le parc :

— On demande Élisabeth Alione au téléphone.

— Quel beau nom a cette femme, dit Alissa, cette inconnue qui regardait les tennis avant que tu viennes. Élisabeth Alione. C'est un nom italien.

— Elle était là quand il est arrivé.

— Toujours seule ?

— Presque toujours. Son mari vient quelquefois.

— Hier, cet imbécile à sa table c'était lui ?

— Oui.

— Elle pleurait. Autrement, elle a l'air de dormir un peu tout le temps. Elle prend des calmants. Je l'ai vue. Elle doit en prendre plus qu'elle ne devrait.

— On le dit.

— Oui. Elle n'est pas frappante à première vue, et puis voici qu'elle le devient... c'est étrange... Elle marche bien. Et son sommeil est léger, enfantin presque...

Elle se relève et de ses mains prend la tête de Stein.

— Tu ne peux pas me parler, n'est-ce pas?

— Non.

— Ainsi c'est la première fois entre lui et moi que c'est impossible de nous parler. Qu'il me cache quelque chose...

— Oui.

— Il ne sait pas très bien quoi, n'est-ce pas?

— Il sait seulement que tout disparaîtrait avec toi.

Elle prend la lettre d'un geste lent, ouvre l'enveloppe.

— Stein, regarde avec moi.

Côte à côte, presque confondus, ils lisent :

— « Alissa sait, lit Stein. Mais que sait-elle? »

Alissa remet la lettre dans l'enveloppe et déchire le tout dans un très grand calme.

— Je l'ai écrite pour toi, dit Stein, quand je ne savais pas que tu avais tout deviné.

Ils vont, enlacés vers les baies.

— Elle est revenue de téléphoner? demande Alissa.

— Oui.

— Il n'est pas loin d'elle? Ne parle-t-il pas avec quelqu'un? Regarde, Stein. Regarde pour moi.

— Non, avec personne. Il ne parle jamais avec personne. Il faut lui arracher les mots. Il ne fait que répondre lorsqu'on lui parle. Toute une partie de lui est ainsi, muette. Il est assis et attend.

— Nous faisons l'amour, dit Alissa, toutes les nuits nous faisons l'amour.

— Je sais, dit Stein. Vous laissez la fenêtre ouverte et je vous vois.

— Il la laisse ouverte pour toi. Nous voir.

— Oui.

Sur la bouche dure de Stein, Alissa
a posé sa bouche d'enfant. Il parle ainsi.

— Tu nous vois? dit Alissa.

— Oui. Vous ne vous parlez pas. Chaque
nuit j'attends. Le silence vous cloue sur
le lit. La lumière ne s'éteint plus. Un
matin on vous retrouvera, informes, ensemble, une masse de goudron, on ne
comprendra pas. Sauf moi.

Jour dans le parc. Soleil.

Alissa Thor et Élisabeth Alione, à dix
mètres l'une de l'autre, sont allongées.
Alissa, les yeux entrouverts, regarde Élisabeth Alione.

Élisabeth Alione dort, le visage nu légèrement penché sur son épaule. Son corps
est parsemé de taches de lumière que laisse
passer l'ombre de l'arbre. Le soleil est fixe.
L'air tout à fait calme. Sous l'effet d'éblouis-
sements successifs, Alissa découvre, découvre le corps sous la robe, les longues

jambes aux cuisses plates, de coureuse,
l'extraordinaire flexibilité des mains endor-
mies, pendantes, au bout des bras, la taille,
la masse sèche des cheveux, l'endroit des
yeux.

Derrière la baie de la salle
à manger Max Thor regarde
vers le parc. Alissa ne le voit
pas. Elle est tournée vers Élisabeth Alione. Max Thor ne
voit d'Alissa que le faux sommeil, les cheveux et les jambes
sur la chaise longue.

Max Thor reste un moment
face au parc. Lorsqu'il se
retourne, Stein est près de lui.

— Ils sont tous allés se pro-
mener, dit Stein. Nous sommes
seuls.

Silence.

Les baies sont ouvertes sur
le parc.

— Quel calme, dit Stein.
On les entend respirer.

Silence.

— Alissa sait, dit Max Thor. Mais que sait-elle?

Stein ne répond pas.

Alissa s'est levée. Elle marche pieds nus dans l'allée. Elle dépasse Élisabeth Alione. On dirait qu'elle hésite. Oui. Elle revient sur ses pas, atteint la hauteur d'Élisabeth Alione et, durant quelques secondes, se tient face à elle. Puis, elle va vers sa chaise longue et la déplace de quelques mètres, plus près d'Élisabeth Alione.

> Le visage de Max Thor, comme suspendu, se détourne tout à coup.
> Stein ne bouge pas.

Élisabeth Alione se réveille lentement. C'est le raclement de la chaise longue sur le gravier qui l'a réveillée.

Elles se sourient.

> Max Thor, en retrait, ne

regarde pas encore. Il est raide.
Il a les yeux mi-clos.

— Le soleil arrivait sur vous, dit Alissa.
— Je peux dormir en plein soleil.
— Je n'y arrive pas.
— C'est une habitude. Sur une plage,
je dors aussi bien.

      — Elle a parlé, dit Stein.
     Max Thor se rapproche de
     Stein. Il regarde.
      — Sa voix est celle qu'elle
     avait avec Anita, dit-il.

— Aussi bien? demande Alissa.
— J'habite un pays froid, dit Élisabeth
Alione. Alors je n'ai jamais assez de soleil.
Dans l'ombre, les yeux bleus d'Alissa
intriguent.
— Vous venez d'arriver.
— Non, il y a trois jours que je suis là.
— Tiens...
— Nous ne sommes pas loin l'une de
l'autre dans la salle à manger.

— Je vois très mal, dit Élisabeth Alione
— elle sourit —, je ne vois rien. D'habitude je porte des lunettes.

— Ici, non?

Elle fait une légère moue.

— Non. Ici je suis en convalescence.
Ça me repose les yeux.

     — Où avez-vous rencontré
Alissa? demande Stein.

     — Endormie, dit Max Thor,
à mon cours.

     — Bien, dit Stein, bien.

     — C'est le cas de la plu-
part de mes élèves. J'ai oublié
toute connaissance.

     — Ah bien, bien.

— En convalescence? demande Alissa.

Élisabeth Alione plisse les yeux pour
voir cette femme qui écoute avec tant
d'attention.

— Je suis là à cause d'un accouchement
qui s'est mal passé. L'enfant est mort à
la naissance. C'était une petite fille.

Elle se relève tout à fait, passe les mains dans ses cheveux, sourit à Alissa avec difficulté.

— Je prends des médicaments pour dormir. Je dors tout le temps.

Alissa s'est assise à son tour.

— Ça a dû être un choc nerveux assez dur?

— Oui. Je ne dormais plus.

La voix est ralentie.

— Et puis j'avais eu une grossesse difficile.

— Voici venir le mensonge, dit Max Thor.

— Il est encore lointain.

— Elle l'ignore encore, oui.

— Une grossesse difficile? demande Alissa.

— Oui. Très.

Elles se taisent.

— Vous y pensez beaucoup?

Elle a tressailli sous le coup de la question. Ses joues sont moins pâles.

— Je ne sais pas — elle se reprend —,

je veux dire, comme je ne dois pas y penser, n'est-ce pas... et puis je dors beaucoup... j'aurais pu aller chez mes parents dans le Midi. Mais le docteur a dit qu'il fallait que je sois seule tout à fait.

> — La destruction capitale en passera d'abord par les mains d'Alissa, dit Stein. Vous êtes bien de cet avis?
>
> — Oui. A votre tour, vous êtes bien de cet avis : Elle n'est pas sans danger?
>
> — Oui, dit Stein. Je suis de cet avis sur Alissa.

Seule, tout à fait? demande Alissa.

— Oui.

— Combien de temps?

— Trois semaines. Je suis arrivée le 2 juillet.

Une vague de profond silence passe sur l'hôtel, le parc. Élisabeth Alione a eu un tremblement.

— Quelqu'un est passé — elle désigne un endroit — au fond du parc?

Alissa regarde autour d'elle.

— Ça ne peut être que Stein, si c'est quelqu'un, dit Alissa.

Silence.

— Peut-être qu'il vous fallait faire un effort sur vous-même, seule, sans l'aide de personne, dit Alissa.

— Peut-être. Je n'ai pas posé de questions.

Elle attend, on dirait, elle regarde le parc avec attention.

— Les gens vont bientôt rentrer de promenade, dit-elle.

— Elle regarde le vide, dit Stein. C'est la seule chose qu'elle regarde. Mais bien. Elle regarde bien le vide.

— C'est cela, dit Max Thor, c'est ce regard qui...

— Ils vont rentrer, dit Alissa, oui.

— Oh... je voudrais me réveiller, dit-elle.

Elle se lève tout à coup, comme sous le coup d'un malaise. Alissa ne bouge pas.

— On vous a dit de marcher un peu chaque jour?

— Oui. Une demi-heure. Ce n'est pas contre-indiqué.

Élisabeth rapproche la chaise longue d'Alissa et se rassied. Elles sont proches. Élisabeth Alione a des yeux très clairs.

L'effort du regard vers Alissa est très visible. Voici : Élisabeth Alione découvre le visage d'Alissa.

— On peut marcher ensemble si vous le voulez..., dit-elle.

— Dans un moment, dit Alissa.

> — Avez-vous voulu d'Alissa dès que vous l'avez découverte? demande Stein.
>
> — Non, dit Max Thor. Je ne voulais de personne. Et vous?
>
> — Moi, dès qu'elle a passé la porte de l'hôtel, dit Stein.

— Dans un moment, dit Alissa. Il est tôt.

— Le deuxième docteur que j'ai vu, dit
Élisabeth Alione, était de l'avis contraire.
Il aurait voulu que j'aille dans un lieu
très gai, avec du monde. Mon mari a
trouvé que le premier docteur était plus
raisonnable.

— Que pensez-vous?

— Oh... j'ai fait ce qu'on voulait... Ça
m'est égal... Il paraît que la forêt repose.
Voici les joueurs. Ils ne les voient pas.
Elles regardent le tennis.

Alissa a souri. Élisabeth ne l'a pas
remarqué.

— Vous ne jouez pas au tennis?

— Je ne sais pas jouer... Et puis j'ai
été... l'accouchement a été... je ne dois
pas faire d'efforts.

                — Déchirée, dit Max Thor.
       En sang.
           — Oui.

— Vous allez dans la forêt?

— Oh non. Seule, non. Vous avez vu
cette forêt?

— Pas encore. J'arrive. Il y a trois jours que je suis là.

— C'est vrai... Vous êtes malade peut-être?

— Non — Alissa rit —, nous sommes là à la suite d'une erreur. Nous pensions que cet hôtel était comme un autre. Je ne sais plus qui nous l'avait conseillé... un collègue de l'université sans doute. Il nous a parlé de la forêt, justement.

— Ah.

Élisabeth Alione a chaud tout à coup. Elle bouge la tête en arrière, cherchant l'air.

— Comme il fait lourd, dit-elle. Mais quelle heure est-il donc?

Alissa fait signe qu'elle l'ignore.

Elles se taisent.

      — Il y a deux ans lorsqu'elle est arrivée chez moi, une nuit, Alissa avait dix-huit ans, dit Max Thor.

      — Dans la chambre, dit lentement Stein, dans la chambre, Alissa n'a plus d'âge.

— Vous vouliez beaucoup cet enfant? demande Alissa.

Elle hésite.

— Je crois, oui... la question ne s'est pas posée.

    — Alissa ne croit que dans la théorie de Rosenfeld, dit Stein, vous le saviez?

    — Oui. Vous aussi sans doute?

    — Je viens de l'apprendre.

— C'est-à-dire..., dit Élisabeth Alione, mon mari surtout le voulait... il voulait un autre enfant. J'ai eu très peur qu'il soit déçu, vous comprenez. J'avais des peurs comme ça..., qu'il se détache de moi parce que l'enfant était... mais il ne faut pas que j'en parle. Le docteur m'a dit d'éviter d'en parler...

— Vous l'écoutez?

— Oui. Pourquoi?

Elle questionne du regard. Alissa attend.

— Vous pourriez n'écouter personne, dit

Alissa avec douceur, faire à votre guise.

Élisabeth Alione sourit.

— Je n'en ai pas envie.

— Vous voulez venir dans la forêt?

Brusquement, une certaine peur dans le regard d'Élisabeth Alione.

> — La laisserons-nous aller dans la forêt avec Alissa? demande Max Thor.
>
> — Non, dit Stein. Non.

— Je suis là, dit Alissa, n'ayez pas peur.

— Ce n'est pas la peine — elle regarde la forêt, hostile —, non, ce n'est pas la peine.

— Vous auriez peur avec moi?

— Non... mais pourquoi y aller?

Alissa abandonne.

— Vous avez peur de moi, dit doucement Alissa.

Élisabeth Alione sourit, confuse.

— Oh non... ce n'est pas ça... c'est...

— Quoi?

— J'ai cet endroit en horreur.

— Vous ne le voyez pas, dit Alissa en souriant.

— Oh... on croit ça, dit-elle.

— Non, dit doucement Alissa, vous avez eu peur de moi. Très peu. Mais c'était de la peur.

Élisabeth regarde Alissa.

— Vous êtes extraordinaire, dit-elle. Qui êtes-vous?

Alissa sourit à Stein et à Max Thor. Elle est distraite.

— Vous trouvez?

Stein a un air heureux. Élisabeth découvre les deux hommes derrière les baies.

— Oh. Il y avait des gens, dit-elle.

— Non. Ils viennent d'arriver à l'instant.

Silence.

— Vous êtes toujours seule, dit Alissa.

— Personne ne parle à personne, ici.

— Et vous? m'auriez-vous parlé si je ne l'avais pas fait?

— Non — Élisabeth sourit —, je suis quelqu'un de timide. Puis je ne m'ennuie pas, je prends trop de médicaments pour m'ennuyer... Oh, ça passe vite. Encore quelques jours...

Alissa se tait. Élisabeth Alione regarde vers les baies. Stein et Max Thor viennent de les quitter. Ils sont dans le parc.

— Combien?

— Huit jours... C'est plutôt mon mari qui s'ennuie... Il vient me voir le dimanche avec ma fille. Elle était là hier.

— Je l'ai vue. Elle est grande déjà.

— Quatorze ans et demie. Elle ne me ressemble pas du tout.

— On se trompe. Elle vous ressemble encore.

— Qu'est-ce que vous voulez dire?

— Que les ressemblances... c'est faux. Elle marche comme vous. Elle regardait comme vous, les tennis, quand vous avez pleuré.

Élisabeth regarde le sol.

— Oh, dit-elle, ce n'était rien, des enfantillages. C'était à cause d'elle, Anita. Je m'en sépare mal.

— Je n'ai pas encore d'enfants, dit Alissa. Je suis mariée depuis peu de temps.

— Oh — elle regarde furtivement Alissa —, vous avez bien le temps. Votre mari est là?

— Oui. Un homme seul. Sa table est dans le fond, à gauche dans la salle à manger. Vous ne voyez pas?

— Qui porte des lunettes, qui n'est plus très jeune, enfin...

— C'est ça... je pourrais être sa fille.

Élisabeth Alione cherche à se souvenir.

— Mais il y a longtemps qu'il est là, non?

— Neuf jours. Il a dû arriver quelques jours après vous, deux jours.

— Je confonds alors... Il n'a pas l'air un peu triste?

— Quand il se tait, oui. C'est un juif. Reconnaissez-vous les juifs?

— Moi, pas très bien. Mon mari, lui, immédiatement même quand...

Elle s'arrête, prise dans le danger et s'en rendant compte.

— Oui? Il y a avec lui un autre homme, Stein, un autre juif, vous devez les confondre.

68

Alissa lui sourit. Elle se rassure.

— Je viens de chez mes parents, explique Alissa. Je suis venue le rejoindre. Nous allons partir dans quelques jours en vacances. Venez faire quelques pas, venez, dans le parc.

Elles se lèvent.

— Où allez-vous en vacances? demande Élisabeth Alione.

— Nous ne savons pas à l'avance, dit Alissa.

Elles arrivent au tennis. Stein, devant elles, descend le perron de l'hôtel.

— Pourquoi n'avez-vous pas écouté le deuxième docteur? demande Alissa.

Élisabeth sursaute et pousse un cri léger.

— Ah, vous avez deviné qu'il y avait quelque chose, dit-elle.

Elles arrivent vers le porche où Stein les attend.

— Voici, Stein, dit Alissa. Élisabeth Alione.

— Nous vous cherchions pour faire une promenade dans la forêt, dit Stein.

Max Thor à son tour descend les marches

du perron. Il arrive lentement. Il a les yeux baissés. Alissa et Stein le regardent venir.

— Je vous présente mon mari, dit Alissa. Max Thor. Élisabeth Alione.

Elle ne remarque rien, ni la main glacée, ni la pâleur. Elle cherche à se souvenir, n'y parvient pas.

— Je vous confondais, dit-elle en souriant.

— Allons dans la forêt, dit Alissa.

Elle fait un pas, suivie par Stein. Max Thor n'a pas entendu, dirait-on. Élisabeth Alione attend. Puis Max Thor fait un pas en direction d'Alissa comme pour l'empêcher. Mais Alissa a avancé.

Alors ils se retournent tous les trois vers Élisabeth Alione. Celle-ci n'a pas encore bougé.

— Venez, dit Alissa.

— C'est-à-dire...

— Madame Alione a peur de la forêt, dit Alissa.

— Nous pouvons rester dans le parc, dans ce cas, dit Max Thor.

Alissa revient vers Élisabeth et lui sourit.

— Choisissez, dit-elle.

— Je veux bien aller dans la forêt, dit-elle.

Elles se mettent à marcher, précédées par Stein et Max Thor.

— Restons dans le parc, dit Élisabeth Alione.

Silence.

— Comme vous voudrez, dit Alissa.

Silence. Ils retournent sur leurs pas.

— Pour revenir à ce dont nous parlions, dit Stein, la destruction capitale

Nuit dans le parc. Claire.

Alissa est allongée sur une pelouse. Max Thor la domine de toute sa taille. Ils sont seuls.

— Le milieu est celui de la bourgeoisie moyenne, dit Alissa. Le mari doit avoir une affaire. Elle a dû se marier très jeune et avoir cette fille tout de suite. Ils sont restés dans le Dauphiné. Il a repris l'affaire du père. Elle est épouvantée.

Alissa se relève.

Ils se regardent.

— Elle récite qu'elle est épouvantée à l'idée d'être laissée pour compte. Sur le bébé mort elle récite aussi. Mais ça a dû être grave.

— Nous allons partir, dit Max Thor.

— Non.

— « Mon libraire me conseille. Il me connaît, il sait le genre de livres que j'aime. Mon mari, lui, lit des choses scientifiques. Il n'aime pas les romans, il lit des choses très difficile à comprendre... oh, ce n'est pas que je n'aimerais pas lire... mais en ce moment... je dors... »

Il se tait.

— « Je suis quelqu'un qui a peur, continue Alissa, peur d'être délaissée, peur de l'avenir, peur d'aimer, peur de la violence, du nombre, peur de l'inconnu, de la faim, de la misère, de la vérité. »

— Tu es folle, Alissa, folle.

— Moi aussi je suis surprise, dit Alissa.

Silence.

— Quand elle dit : « Je dors », dit Alissa,

je vois son sommeil et toi, toi devant ce sommeil.

— Seulement moi?

— Non.

Silence.

Alissa regarde autour d'elle.

— Où est Stein?

— Il va venir. Viens dans la chambre.

— J'attends Stein.

— Nous partirons demain, Alissa.

— Nous avons rendez-vous avec Élisabeth Alione après sa sieste. C'est impossible.

— Irons-nous dans la forêt?

— Non. Nous resterons dans le parc.

Du fond du parc arrive Stein.

— Tes cheveux, dit-il.

Il les touche. Ils sont courts.

— Ils étaient beaux, dit Stein.

— Trop beaux.

Il réfléchit.

— S'en est-il aperçu? — il montre Max Thor.

— Il ne l'a pas encore dit. Je les ai coupés moi-même. Ils étaient par terre dans la salle de bains. Il a dû marcher dessus.

— J'ai crié, dit Max Thor.

— J'ai entendu qu'il criait. Mais il n'a rien dit. J'ai cru que tu criais pour une autre raison.

Stein la prend dans ses bras.

— Laquelle? demande Max Thor.

— D'impatience, dit Alissa.

Silence.

— Viens près de moi, Alissa, dit Stein.

— Oui. Qu'allons-nous devenir?

— Je ne sais rien.

— Nous ne savons rien, dit Max Thor.

Alissa Thor a la tête enfouie dans les bras de Stein.

— Elle s'habitue à notre présence. Elle a dit : « Monsieur Stein est un homme qui inspire confiance. »

Ils rient.

— Et de lui? — il monte Max Thor.

— Rien. Elle a parlé de départ. Elle ne veut plus sortir du parc, elle dit qu'elle attend un coup de téléphone de son mari.

Ils marchent autour des tennis. Le balcon de leur chambre est éclairé.

— Nous pourrions aller dans la forêt avec elle, dit Stein.

— Non, crie Max Thor.

— Nous n'avons que trois jours devant nous, dit Alissa. Trois nuits.

Ils s'arrêtent.

— Il veut s'en aller. Il le dit, Stein.

— De la comédie, dit Stein.

— Moi, je ne peux plus partir, dit Alissa.

— Viens dans la chambre, dit Max Thor.

Jour dans le parc.

Élisabeth Alione est assise à une table dans le parc. A côté d'elle se tient Alissa Thor.

— Les deux docteurs étaient d'accord pour m'éloigner, dit Élisabeth Alione. Je pleurais tout le temps. Je ne savais même pas dire pourquoi.

Elle sourit à Alissa.

— Voilà que je recommence à en parler... C'est plus fort que moi sans doute.

— Pourquoi vous avoir obligée à rester

seule? Si vous n'étiez pas quelqu'un de...
fort, ç'aurait pu être un peu dangereux,
non?

Élisabeth baisse les yeux et se contient.
C'est la première fois.

— Je ne suis pas quelqu'un de fort —
elle la regarde —, vous vous trompez.

— C'est vous qui le dites?

Les yeux sont repartis. Il y a un ton
d'avertissement lointain.

— On le dit autour de moi. Je le pense
aussi.

— Qui le dit?

— Oh... les docteurs... mon mari aussi.

— Une femme dans votre situation...
morale... physique, est très vulnérable et il
peut lui arriver des choses qui en temps
normal ne lui arriveraient pas. On ne vous
l'a pas dit?

— Je ne comprends pas, dit Élisabeth
Alione avec retard.

— D'autres femmes, d'autres que vous
pourraient s'embarquer dans n'importe
quoi...

Alissa rit. Élisabeth rit aussi.

— Oh quelle idée, oh non, moi non.
Elles se taisent.

— Ils sont en retard, dit Alissa. Nous
avions dit cinq heures.

— Je vous ai privée d'une promenade,
s'excuse Élisabeth Alione, je m'en veux,
d'autant que mon mari n'a pas téléphoné.

— C'est toujours votre mari qui téléphone?

Élisabeth rougit.

— Oui... c'est-à-dire au début... quelqu'un d'autre a téléphoné mais j'ai coupé
la communication.

— Quelle histoire, dit Alissa en souriant.

— C'est fini maintenant. — Elle se tourne
vers Alissa. — Nous sommes très différentes.

— Moi aussi je suis heureuse avec mon
mari, mais sans doute de façon différente,
en effet.

— Comment?

Elle se regardent. Alissa ne répond pas.

— Max Thor est un écrivain, n'est-ce
pas?

Remarque-t-elle le sursaut d'Alissa? Non.

— C'est-à-dire qu'il est en passe de le devenir... mais non, il ne l'est pas encore... Pourquoi posez-vous cette question?

Élisabeth sourit.

— Je ne sais pas... j'aurais cru.

— C'est un professeur. J'étais son étudiante.

— Qui est Stein? demande timidement Élisabeth Alione.

— Je ne peux pas parler de Stein, dit Alissa.

— Je comprends.

— Non.

Élisabeth s'est mise à trembler.

— Oh, excusez-moi, dit Alissa. Excusez-moi.

— Ce n'est rien. Vous êtes brutale.

— C'est la pensée de Stein, dit Alissa. Ce n'était pas autre chose que la pensée de l'existence de Stein.

Les voici. Ils arrivent. S'inclinent.

— Nous sommes en retard.

— Très peu.

— Comment est cette esplanade? demande Élisabeth Alione.

— Nous ne l'avons pas trouvée, dit Max Thor.

Ils s'asseyent. Alissa sert les cartes.

— C'est à Stein de commencer, dit-elle.

Stein sert.

— A-t-on téléphoné pour vous? demande Max Thor.

— Non. Je suis désolée.

— Nous avons parlé de l'amour, dit Alissa.

Silence.

— C'est à vous de jouer, monsieur Thor.

— Pardon. Vous allez bien?

— Je vais mieux, dit Élisabeth Alione. Je dors moins. Je pourrais presque partir. C'est à Alissa de jouer.

— Cet hôtel ne vous plaît pas? demande Max Thor.

— Oh, ce n'est pas mal, mais...

Stein se tait.

— Pourquoi ne téléphonez-vous pas à votre mari de venir vous chercher?

— Il dirait que le docteur a été formel : ça fera trois semaines dans trois jours.

— Ces quatre jours vous paraissent-ils si longs?

Ils n'attendent pas de réponse. Ils sont très attentifs à leurs jeux, surtout Stein.

— C'est-à-dire... non... mais vous allez partir très vite vous aussi, si j'ai bien compris?

— Dans quelques jours, dit Max Thor. Vous ne jouez pas?

— Pardon.

— Je ne connais pas Grenoble, dit Stein.

— Je perds, dit Alissa. Je crois que je perds.

— D'habitude que faites-vous l'été?

— Quand ma fille était petite nous allions en Bretagne. Maintenant nous allons dans le Midi.

Silence.

— Je voudrais connaître Anita, dit Alissa.

— Moi aussi, dit Stein. C'est à moi de jouer.

— Oui.

Ils sont paisibles.

— Elle a mauvais caractère, dit Élisabeth Alione, elle traverse une sale période,

mais c'est l'âge, ça passera. Elle est insolente...

— Elle est insolente? demande Max
Thor.

— Oui — elle sourit —, avec moi surtout.
Elle a très mal travaillé l'annéé dernière,
mais son père a été énergique, cette année
ça va bien mieux. Je crois que c'est à
Max Thor de jouer.

— Pardon.

— Qu'a fait le père d'Anita? demande
Alissa.

— Oh — elle est confuse —, il a supprimé
les sorties pendant un certain temps. C'est
tout.

Silence. Ils jouent.

— Vous savez bien jouer aux cartes, dit
Max Thor.

— Nous jouons quelquefois, à Grenoble,
entre amis.

— Le dimanche après-midi? demande
Alissa.

— C'est ça, oui — elle sourit —, ce sont
des habitudes de la province.

Silence. Ils jouént avec beaucoup d'attention. Élisabeth les regarde, étonnée. Elle joue presque distraitement.

— Prenez, dit-elle à Stein. Vous avez du jeu.

— Pardon. C'est à Alissa de servir?

— Non, c'est à vous. Vous avez une drôle de façon de... — elle sourit — vous ne jouez pas souvent, n'est-ce pas?

— C'est-à-dire..., dit Alissa. — Elle se distrait. — Comment est Anita?

La réponse se fait attendre un peu.

— C'est une petite fille très tendre, au fond, qui souffrira, je crois. Mais on est mauvais juge de son enfant.

Silence. Ils jouent. Élisabeth s'étonne de plus en plus sans le dire.

— Toute votre famille est à Grenoble? demande Max Thor.

— Oui, j'ai encore ma mère. — Elle s'adresse à Stein. — C'est à vous, oui. J'ai une sœur aussi. Nous n'habitons pas Grenoble même mais les environs. Notre maison est sur l'Isère... C'est aussi une rivière.

— Près de l'usine? demande Alissa.

— Oui... comment savez-vous?

— Par hasard.

— Alissa a beaucoup voyagé, dit Stein.
Vous devriez jouer, c'est à vous.

— Pardon, dit Max Thor. Vous allez
à Paris tous les ans sans doute?

— Oui. Presque tous les ans. En octobre.

Silence. Élisabeth donne les cartes avec
adresse. Ils la regardent faire.

— En octobre il y a le Salon de l'Auto-
mobile, à Paris, dit Stein.

— Oui... mais on va au théâtre aussi.
Oh... je sais que... — Personne ne relève —
je n'aime pas beaucoup Paris.

Silence.

— Cette année tous nos projets sont
changés, dit Alissa. Nous ne savons pas
encore où aller. C'est à Stein de jouer.

— Pardon — il joue —, voilà.

— Je gagne, dit Élisabeth Alione. Moi
qui perds toujours. D'habitude vous allez
à la mer?

— Non, dit Stein.

— Nous traversons les plages l'été, dit
Max Thor, mais nous ne nous arrêtons pas.

Elle cesse de jouer. Le regard est inquiet tout à coup.

— Mais... vous vous connaissez depuis longtemps alors?

— Depuis quatre jours, dit Alissa. La plage le matin et le soir c'est monotone. Vous ne trouvez pas?

— Je ne comprends pas, murmure Élisabeth Alione.

Silence.

— Vous ne voulez plus jouer, peut-être? demande Max Thor.

— Pardon. Vous allez à l'étranger, sans doute.

— Davantage, dit Stein, n'est-ce pas? — il s'adresse à Alissa.

— Oui. Davantage.

Élisabeth commence à être gagnée par un rire léger.

— L'année dernière, dit-elle, nous avons fait un voyage en Italie avec des amis.

— Un docteur?

— Oui... un docteur et sa femme.

— Vous avez beaucoup de docteurs parmi vos amis, dit Alissa.

— Oui... assez... C'est intéressant ce qu'ils disent.

— Ils vous parlent de vous, dit Max Thor.

— C'est-à-dire... oui...

Silence.

— Pourquoi riez-vous? demande Alissa.

— Pardon... je ne sais pas...

— Riez, dit Stein.

Silence. Le rire cesse. Mais des traces en restent dans les yeux.

— Est-ce que je gagne? demande Stein.

— Oui, dit Max Thor.

Le rire recommence. Eux ne rient pas.

— ... Comment...? vous ne savez pas quand...

— L'Italie vous a plu?

Le rire cesse encore en apparence.

—... Oui... mais en juillet... quelle chaleur... Je supporte mal la chaleur.

— Et la cuisine?

Le rire commence. Elle est seule à rire.

— Oh... oui oui... excusez-moi... Nous sommes allés à...

— Riez, dit Stein.

— A?

— ... A Venise... A Venise.

Le rire contenu, court sur le visage, il arrive dans les mains qui tressaillent. Des cartes tombent.

— On voit votre jeu, dit Stein.

— A Venise? demande Max Thor.

— Oui oui... nous sommes allés, excusez-moi... je ne sais plus... oui oui... nous sommes allés à Venise.

— Ou à Naples? A Venise ou à Naples?

— Ou à Rome?

— Non non... à Venise... excusez-moi... nous sommes revenus par Rome... oui oui... Revenus par Rome... c'est ça...

— Ce n'est pas possible, dit Stein.

Ils la regardent gravement. Ses cartes sont tombées.

— Je me trompe alors?

— Complètement.

Ils attendent. Ils la regardent.

Le rire commence.

— A qui de jouer? demande Stein.

Le rire, plus fort.

— Oh... ce n'est pas la peine, ce n'est pas la peine de jouer...

— C'est-à-dire, dit Alissa, que Stein ne sait pas jouer aux cartes.

— Du tout, du tout... il ne comprend rien...

Le rire, encore plus fort.

— Vous non plus...

— Nous non plus, dit Max Thor.

Elle rit. Elle est toujours seule à rire.

— On a fait une belle partie, dit Stein.

Stein lâche ses cartes. Puis Alissa, puis Max Thor lâchent leurs cartes. Élisabeth rit. Ils la regardent.

— Élisabeth Villeneuve, dit Stein.

Le rire s'espace. Elle les regarde chacun à leur tour. De l'effroi arrive dans les yeux.

Le rire cesse.

Crépuscule dans le parc.

— C'est bien, dit Max Thor.

Élisabeth Alione vient de jouer. Elle a réussi à faire passer la boule sous l'arceau du croquet.

— Mais oui, dit-elle,... je ne comprends pas comment j'ai fait.

— Pourquoi vous croire toujours maladroite?

Elle sourit. Alissa et Stein aussi. Ils tiennent des maillets dans les mains. Ils se taisent.

— C'est à vous encore une fois, dit Max Thor.

Élisabeth joue avec une grande application. Elle rate l'arceau. Elle se relève. Une joie profonde se lit sur son visage.

— Voyez, dit-elle.

Max Thor se penche, prend la boule et la remet à la place où elle était. Alissa et Stein les regardent.

— Recommencez, dit Max Thor.

Élisabeth Alione s'effraie.

— Ce n'est pas possible, dit-elle. Et Alissa?

Alissa se tait près de Stein. Élisabeth ne rencontre pas son regard.

— Alissa et Stein pensent à autre chose, dit Max Thor. Regardez-les.

Élisabeth Alione hésite.

— Je ne peux pas, dit-elle.

— Trichez, commande Max Thor. Je vous le demande.

Élisabeth Alione joue et rate l'arceau. Une joie profonde de nouveau l'envahit.

— Je vous le disais, dit-elle.

— Vous l'avez fait exprès?

— Mais non, je vous assure...

Elle regarde Alissa et Stein.

— Essayez encore, dit doucement Alissa.

Elle se trouble. Max Thor ramasse la boule et la replace devant l'arceau, Élisabeth joue et rate l'arceau. Élisabeth laisse tomber son maillet. Et ne le ramasse pas. Ni Max Thor.

— Mon mari vient me chercher demain, dit-elle.

Silence.

— Nous avons perdu la partie, dit Élisabeth Alione.

Silence.

— Mais est-ce que nous avons joué? demande enfin Alissa. C'était une partie qui ne comptait pas. Je l'avais compris comme ça.

Alissa s'assied, les regarde.

— Qu'est-ce qu'il y a? demande-t-elle.

— Je pars demain, dit Élisabeth Alione. Je viens de le dire.

Max Thor s'est assis à son tour.

— Je m'étais trompée. Mon mari a accepté tout de suite de venir me chercher. Pour dire vrai, je m'ennuyais beaucoup moins dans cet hôtel depuis que je vous connais. J'ai été presque déçue quand il m'a dit qu'il viendrait.

Elle s'assied à son tour, les regarde furtivement.

— Vous aurez été gentils avec moi... Il vient dans la matinée demain.

Ils se taisent.

— Si vous voulez, dit-elle, nous pouvons faire une promenade maintenant? On peut aller dans la forêt... vous aviez l'air d'y tenir.

— Pourquoi avez-vous téléphoné? demande doucement Alissa.

Le calme revient sur le visage d'Élisabeth Alione.

— Pour savoir s'il accepterait, sans doute... je ne sais pas bien.

— Vous lui avez parlé de nous? demande Max Thor.

— Non.

— Alors, vous voyez, dit Alissa en souriant, vous lui cachez des choses, à cet homme que vous aimez.

Élisabeth Alione sursaute légèrement.

— Oh, mais ce n'est pas cacher des choses, de cacher ça...

— Vous voulez dire?

— Des gens qu'on rencontre dans les hôtels...

— Où rencontre-t-on les autres? demande Max Thor.

La voix de Max Thor est tendre. Elle ne comprend pas.

— Comme il est probable qu'il ne vous connaîtra jamais... je n'avais pas de raison de lui parler de vous...

— Qui sait? dit Alissa.

— Ce ne serait pas la peine. Je ne crois pas que vous vous entendriez avec lui... je ne le pense pas... il y a trop de différence...

— Que lui avez-vous dit au téléphone pour qu'il vienne?

— Je ne comprends pas moi-même. J'ai dit que je ne prenais plus rien pour dormir — elle hésite —, j'ai parlé de vous sans dire qui vous étiez. J'ai dit que je jouais aux cartes avec des clients. C'est tout. Je n'ai pas demandé qu'il vienne tout de suite, à vrai dire... j'ai compris qu'il s'ennuyait de moi tout à coup... alors que...

Ils se taisent. Max Thor a enlevé ses lunettes et il a l'air de se reposer.

— Il faut que je rentre à l'hôtel. Je dois faire mes valises, dit Élisabeth Alione.

Les joueurs de tennis sont revenus. Les balles sifflent dans la chaleur.

— Je vous aiderai, dit Alissa. Vous avez du temps.

Alissa se lève et, lentement, comme en dansant, s'éloigne d'un pas égal vers le fond du parc avec Stein. Ils les regardent partir.

— Où vont-ils ? demande Élisabeth Alione.

— Dans la forêt sans doute, dit Max Thor — il sourit.

— Je ne comprends pas...

— Nous sommes les amants d'Alissa. Ne cherchez pas à comprendre.

Elle réfléchit. Et elle se met à trembler.

— Vous croyez que je ne pourrai jamais?

— Ça n'a pas d'importance, dit Max Thor. Il remet ses lunettes et la regarde.

— Qu'est-ce que vous avez? demande-t-elle.

— J'aime Alissa d'un amour désespéré, dit Max Thor.

Silence. Elle le regarde dans les yeux.

— Si je faisais l'effort de le comprendre, dit Élisabeth Alione...

— Je voudrais vous comprendre, dit-il. Vous aimer.

Elle ne répond pas.

Silence.

— Quel était ce livre que vous ne lisiez pas? dit Max Thor.

— Il faut que j'aille le chercher justement — elle fait une légère grimace —, oh, je n'aime pas lire.

— Pourquoi faire semblant dans ce cas? — Il rit. — Personne ne lit.

— Quand on est toute seule... pour avoir

une contenance, pour... — Elle lui sourit. —
Où sont-ils?

— Ils ne doivent pas être loin. Alissa
ne vous aidera pas à faire vos valises, n'y
comptez pas.

— Je sais.

Elle a le regard happé par le fond du
parc.

— Votre mari arrive ce soir?

— Non, demain, il a dit midi. Ils
écoutent, vous croyez?

— Peut-être.

Elle se rapproche de lui, un peu hagarde.

— Ce livre, il n'est pas à moi, il faut
que je le rende. Vous le voulez peut-être?

— Non.

Elle se rapproche encore, les yeux toujours sur le parc.

— Qu'est-ce que vous allez devenir?

Elle le regarde.

— Pourquoi?... oh... comme avant...

— Vous êtes sûre?

Elle le regarde encore.

— Voici Stein qui revient, dit Max Thor.
Nous partons demain matin.

— J'ai peur, dit Élisabeth Alione. J'ai peur d'Alissa. Où est-elle?

Elle le regarde, attend.

— Nous n'avons rien à nous dire, dit Max Thor. Rien.

Elle ne bouge pas. Il ne dit rien. Elle s'en va. Il ne se retourne pas. Stein arrive.

— La femme que je cherchais ici depuis si longtemps, dit Stein, c'est Alissa.

Temps éclatant. Lumière et soleil dans la salle à manger. Dans les miroirs.

— Il se peut que nous nous revoyions un jour, qui sait, dit Alissa.

Élisabeth et Alissa sont assises dans l'ombre près des fauteuils.

— L'endroit où nous vivons est loin de tout. Il faut le faire exprès pour venir.

— On peut le faire exprès, dit Alissa.

Elle va près des baies.

— Ils regardent la partie de tennis, dit-elle, en attendant que nous descendions.

Elle revient vers Élisabeth Alione et

s'assied. — Vous avez fait sur nous une impression profonde.

— Pourquoi?

Alissa fait un geste de négation.

— Je ne comprendrais pas, alors ça m'est égal, vous pouvez ne rien me dire au fond. Il y a des choses que je ne comprends pas.

— Ce premier docteur, dit Alissa, vous parlait comme je viens de le faire?

Élisabeth Alione se relève et regarde le parc.

— Il m'avait écrit, dit-elle. Tout à coup, il m'a écrit une lettre. C'est tout.

— Il y a eu un drame?

— Il a essayé de... Maintenant il est parti de Grenoble. On a dit que c'était à cause de moi. On a dit des choses horribles. Mon mari était très malheureux. Heureusement qu'il a confiance en moi.

Elle est revenue dans l'ombre.

— C'était vers le milieu de ma grossesse. J'avais été malade. Il est venu. C'était un jeune docteur, il n'était à Grenoble que depuis deux ans. Mon mari était absent à ce moment-là. Il a pris l'habitude de venir. Et...

Elle s'arrête.

— On a dit qu'il avait tué le bébé?

— Oui, que sans lui ma petite fille...
— Elle s'arrête. — Ce n'est pas vrai. L'enfant était morte avant l'accouchement —
elle a crié.

Elle attend.

— C'est après l'accouchement que j'ai
montré la lettre à mon mari. C'est quand
il a su que j'avais montré la lettre qu'il a
compris que... qu'il ne se passerait rien et
que il a essayé de se tuer.

— Comment a-t-il su que vous aviez
montré la lettre?

— Mon mari est allé le voir. Ou bien il
lui a écrit, je ne saurai jamais.

Alissa se tait. Élisabeth Alione est inquiète.

— Vous me croyez?

— Oui.

Élisabeth Alione se dresse, regarde Alissa
et l'interroge du regard.

— Je suis quelqu'un qui a peur de tout,
vous comprenez... Mon mari est très différent de moi. Sans mon mari je suis perdue...

Elle avance vers Alissa.

— Qu'est-ce que vous avez contre moi?

— Rien, dit doucement Alissa, je pense à cette histoire. C'est parce que vous avez montré cette lettre à votre mari que vous êtes tombée malade. C'est de ce que vous avez fait là que vous êtes malade.

Elle se relève.

— Qu'est-ce qu'il y a? demande Élisabeth Alione.

— Le dégoût, dit Alissa. Le dégoût.

Élisabeth crie.

— Vous voulez me désespérer?

Alissa lui sourit.

— Oui. Ne parlez plus.

— Non, ne parlons plus.

— C'est trop tard, dit Alissa.

— Pour?...

— Vous tuer — elle sourit —, c'est trop tard.

Silence.

Alissa s'avance vers Élisabeth Alione.

— Vous vous plaisiez en notre compagnie, n'est-ce pas?

Élisabeth se laisse approcher sans répondre.

— C'est pour ça que vous avez téléphoné à votre mari de venir?

— J'aime mon mari, je crois.

Alissa sourit.

— C'est fascinant de vous voir vivre, dit-elle. Et terrible.

— J'ai compris, dit doucement Élisabeth Alione, que vous vous intéressiez à moi à cause de... ça seulement. Et que peut-être vous aviez raison.

— Ça, quoi?

Élisabeth fait un geste, elle ne sait pas. Alissa prend Élisabeth Alione par les épaules.

Élisabeth se tourne. Elles se trouvent toutes les deux prises dans un miroir.

— Qui vous fait penser à cet homme? demande Alissa dans le miroir, à ce jeune docteur?

— Stein, peut-être.

— Regardez, dit Alissa.

Silence. Leurs têtes se sont rapprochées.

— Nous nous ressemblons, dit Alissa : nous aimerions Stein s'il était possible d'aimer.

— Je n'ai pas dit..., proteste Élisabeth avec douceur.

— Vous vouliez parler de Max Thor, dit Alissa. Et vous avez dit Stein. Vous ne savez même pas parler.

— C'est vrai.

Elles se regardent dans le miroir, se sourient.

— Comme vous êtes belle, dit Élisabeth.

— Nous sommes des femmes, dit Alissa. Regardez.

Elles se regardent encore. Puis Élisabeth met sa tête contre celle d'Alissa. La main d'Alissa est sur la peau d'Élisabeth Alione, à l'épaule.

— Je trouve que nous nous ressemblons, murmure Alissa... Vous ne trouvez pas? Nous sommes de la même taille.

Elles sourient.

— C'est vrai, oui.

Alissa fait glisser la manche d'Élisabeth Alione. Son épaule est nue.

— ...la même peau, continue Alissa, la même couleur de peau...

— Peut-être...

— Regardez... la forme de la bouche... les cheveux.

— Pourquoi les avoir coupés ? J'ai regretté...

— Pour vous ressembler encore davantage.

— Des cheveux aussi beaux... Je ne vous en ai pas parlé mais...

— Pourquoi?

Elle ne l'aurait jamais dit, sait-elle qu'elle le dit?

— Je savais que c'était pour moi que vous les aviez coupés.

Alissa prend les cheveux d'Élisabeth Alione dans ses mains, met son visage dans la direction qu'elle veut. Contre le sien.

— Nous nous ressemblons tellement..., dit Alissa. Comme c'est étrange...

— Vous êtes plus jeune que moi... plus intelligente aussi...

— Pas en ce moment, dit Alissa.

Alissa regarde le corps habillé d'Élisabeth Alione dans la glace.

— Je vous aime et je vous désire, dit Alissa.

Élisabeth Alione ne bouge pas. Elle ferme les yeux.

— Vous êtes folle, murmure-t-elle.

— C'est dommage, dit Alissa.

Élisabeth Alione s'éloigne tout à coup. Alissa va près des baies.

Silence.

— Votre mari vient d'arriver, dit-elle. Il vous cherche dans le parc. Votre fille n'est pas là.

Élisabeth Alione ne bouge pas.

— Et les autres? Où sont-ils? demande-t-elle.

— Ils le regardent. Ils le reconnaissent. — Elle se tourne. — Vous avez peur de quoi?

— Je n'ai pas peur.

Alissa regarde de nouveau le parc. Élisabeth est toujours immobile.

— Ils quittent le parc pour ne pas le voir, dit Alissa. Le dégoût, sans doute. Voici, ils sont rentrés. Ils vont venir sans doute. A moins qu'ils n'aillent sur la route.

Élisabeth ne répond pas.

— On se connaissait quand on était

enfants, dit-elle. Nos familles étaient amies.

Alissa répète tout bas :

« On se connaissait quand on était enfants. Nos familles étaient amies. »

Silence.

— Si vous l'aimiez, si vous l'aviez aimé, une fois, une seule, dans votre vie, vous auriez aimé les autres, dit Alissa, Stein et Max Thor.

— Je ne comprends pas..., dit Élisabeth, mais...

— Cela arrivera dans d'autres temps, dit Alissa, plus tard. Mais ce ne sera ni vous ni eux. Ne faites pas attention à ce que je dis.

— Stein dit que vous êtes folle, dit Élisabeth.

— Stein dit tout.

Alissa rit. Elle rentre dans la chambre, s'approche.

— La seule chose qui vous sera arrivée, dit-elle...

— C'est vous, dit Élisabeth. Vous, Alissa.

— Vous vous trompez encore. Mais nous pouvons descendre, dit Alissa.

Élisabeth ne bouge pas.

— Nous déjeunons ensemble. Vous le saviez?

— Qui a décidé ça?

— C'est Stein, dit Alissa.

Stein entre.

— Votre mari vous attend, dit-il à Élisabeth Alione, près des tennis. Nous avons rendez-vous dans dix minutes.

— Mais je ne comprends pas, dit-elle.

— C'est maintenant irrévocable, dit Stein en souriant. Votre mari a accepté.

Elle sort. Stein prend Alissa dans ses bras.

— Amour, mon amour, dit-il.

— Stein, dit Alissa.

— Cette nuit j'ai prononcé ton nom.

— Dans le sommeil.

— Oui. Alissa. Ton nom m'a réveillé. C'était dans le parc. J'ai regardé. Vous vous étiez endormis. Il y avait un grand désordre dans la chambre. Tu dormais par terre. Il t'avait rejointe et s'était endormi près de toi. Vous aviez oublié d'éteindre la lumière.

— Oui?

— Oui.

Voici Max Thor.

— Nous ne savons plus où nous mettre, dit-il, avec cet homme dans le parc.

Alissa, droite devant Max Thor, le regarde.

— Cette nuit, dit-elle, quand tu dormais, tu as prononcé son nom. Élisa.

— Je ne me souviens pas, dit Max Thor. Je ne me souviens pas.

Alissa va vers Stein.

— Dis-le-lui, Stein.

— Vous avez prononcé son nom, dit Stein. ÉLISA.

— Comment?

— Dans la tendresse et le désir, dit Stein. Élisa.

Silence.

— J'ai dit Alissa et tu n'as pas compris?

— Non. Rappelle-toi ton rêve.

Silence.

— Je crois que c'était dans le parc, dit Max Thor lentement. Elle devait dormir. Je restais devant elle à la regarder. Oui... c'est ça...

Il se tait.

— Elle vous a dit : « Ah, c'est vous... »?

— « Je ne dormais pas »? « Je faisais semblant de dormir... »? « Vous en étiez-vous aperçu? »?

— « Il y a des jours que je fais semblant de dormir »? « Il y a des jours que je dors »? « Il y a dix jours »?

— Peut-être, dit Max Thor. Il prononce le mot — Élisa.

— Oui. Tu l'auras appelée en prononçant son nom.

Silence.

— Je t'ai répondu, dit Alissa. Mais tu dormais profondément, tu n'as pas entendu.

Max Thor va vers les baies. Ils le rejoignent.

— Qu'est-ce qui est possible? demande Stein.

— Le désir, dit Max Thor. Avec cette chose-là le désir.

Alissa retourne vers Stein.

— Quelquefois, dit-elle, il ne comprend pas...

— C'est pareil, dit Stein.

— Oui, dit Max Thor. C'est maintenant pareil.

Silence. Ils regardent par les baies d'invisibles clients. Et, parmi eux, Élisabeth Alione et son mari.

Silence.

— Comment vivre? crie doucement Alissa.

Il fait un soleil éclatant.

— La petite fille n'est pas venue? demande Max Thor.

— Elle lui a demandé de ne pas l'amener aujourd'hui.

— Bien, bien, dit Stein. Voyez qu'elle...

—- Les voici, dit Max Thor.

Ils contournent le tennis. Ils arrivent vers la porte d'entrée.

— Comment vivre? demande Alissa dans un souffle.

— Qu'allons-nous devenir? demande Stein.

Les Alione sont entrés dans la salle à manger.

— Comme elle tremble, dit Max Thor.

Ils avancent les uns vers les autres.

Ils sont maintenant à la distance de se saluer.

— Bernard Alione, dit Élisabeth dans un souffle. Alissa.

— Stein.

— Max Thor.

Bernard Alione regarde Alissa. Il y a un silence.

— Ah, c'est vous?... demande-t-il. Alissa, c'est vous? Elle me parlait de vous à l'instant.

— Qu'a-t-elle dit? demande Stein.

— Oh, rien... dit Bernard Alione en riant.

Ils se dirigent vers une table.

Temps éclatant. Les stores ont été baissés. Dimanche.

Ils déjeunent.

— Nous serons à Grenoble vers cinq heures, dit Bernard Alione.

— Il fait un temps magnifique, dit Alissa, c'est dommage de partir aujourd'hui.

— Il faut une fin à tout... Ça me fait

plaisir de vous connaître... A cause de vous, Élisabeth s'est moins ennuyée ici... enfin, ces derniers jours...

— Elle ne s'ennuyait pas, même avant de nous connaître.

— Un peu, le soir, dit Élisabeth Alione. Silence. Élisabeth en noir, à l'ombre bleu des stores, le dos tourné aux baies, a le regard fixe du sommeil.

— Elle dormait, dit Alissa.

Bernard Alione sourit, prend son élan.

— C'est une femme, Élisabeth, qui ne pouvait pas rester seule... du tout... quand je partais... et il le faut pour mon travail... c'était chaque fois un petit drame... — il lui sourit —, n'est-ce pas, Élisa?

— Élisa, murmure Max Thor.

— Je deviens folle, dit doucement Élisabeth Alione.

— Et elle l'est souvent? demande Alissa, seule?

— Vous voulez dire : sans son mari? Oui, encore assez... Mais de la famille vient dans ce cas. — Il sourit à Alissa. — Voyez, il ne faut désespérer de rien.

Ils ne comprennent pas.

— C'est elle, dit Bernard Alione, qui a décidé de venir ici. Elle seule. D'un seul coup. — Il rit presque. — Elle a compris qu'il lui fallait faire cet effort.

Ils regardent cette femme endormie à table, les yeux grand ouverts. Elle a un mouvement de tête enfantin, appelant le silence sur sa vie.

— J'étais fatiguée, dit-elle.

La voix est lointaine, exténuée. Elle a cessé de manger. Max Thor aussi.

— Vous êtes-vous ennuyée ici? demande Max Thor.

Elle hésite.

— Non, dit-elle, non — elle cherche —, je ne me serai pas ennuyée ici.

— Quand l'ennui prend une certaine forme..., dit Stein. — Il s'arrête.

— Oui? demande Bernard Alione, vous alliez dire une chose intéressante. Quelle forme... en... en l'occurrence?

— Celle d'un horaire par exemple, il n'est pas perçu, dit Stein. S'il n'est pas perçu, pas nommé, il peut prendre des voies inattendues.

— Ce n'est pas bête, ce que vous dites là, dit Bernard Alione.

— Non, dit Stein.

Bernard Alione cesse de manger.

— Quelles voies... par exemple? demande Bernard Alione.

Stein regarde Élisabeth Alione et réfléchit. Puis il oublie.

— C'est complètement imprévisible, dit-il.

Stein et Élisabeth Alione se regardent en silence.

— Complètement, murmure Stein. Qu'allez-vous devenir?

— Comment ?... demande Bernard Alione.

Il cesse de manger à son tour.

— Ne faites pas attention, dit Alissa, à ce que dit Stein.

Silence. Bernard Alione les regarde.

— Qui êtes-vous? demande-t-il.

— Des juifs allemands, dit Alissa.

— Ce n'est pas ce que... je..., la question n'est pas là...

— Elle devait être quand même celle-là, dit Max Thor avec douceur.

Silence.

— Élisabeth ne mange pas, dit Bernard Alione.

— Une nausée, peut-être? demande Alissa.

Élisabeth ne bouge pas. Elle a baissé les yeux.

— Que se passe-t-il? demande Bernard Alione.

— Nous sommes tous dans cet état, explique Stein, tous les quatre.

Silence.

Élisabeth se lève et sort. Ils la regardent à travers la baie. Elle traverse le parc de son pas tranquille et disparaît dans l'allée qui mène à la porte de la forêt.

— Elle est allée vomir, dit Alissa.

Silence. Bernard Alione a recommencé à manger, s'aperçoit qu'il est le seul à le faire.

— Je suis le seul à manger...

— Continuez, dit Max Thor. Ça ne fait rien...

Bernard Alione cesse de manger. Ils le regardent. Ils ont tous trois le même air paisible.

— Nous allons partir à la mer bientôt et Élisabeth se remettra complètement. Je croyais la trouver en meilleure forme. Elle a encore besoin de se reposer.

Ils se taisent. Ils le regardent en se taisant.

— Elle vous en a parlé sans doute... un accident idiot...

Aucun signe d'aucun.

— Au fond, c'était plus moral qu'autre chose chez Élisabeth... Une femme ressent ces choses-là comme des échecs. Nous ne pouvons pas tout à fait comprendre, nous, les hommes...

Il se remue sur sa chaise, se soulève, cherche autour de lui.

— Bon... eh bien, il est temps de filer... Je vais aller la chercher... le temps de descendre les valises...

Il regarde vers le parc.

— ...de payer l'hôtel...

Silence.

— Où allez-vous en vacances? demande Alissa.

Il se rassure.

— A Leucate. Vous ne connaissez peut-être pas? Ça m'intéresse, l'aménagement du Languedoc — il sourit —, je ne suis pas comme ma femme, je ne tiens pas en place en vacances...

Il sourit. Alissa s'est tournée vers Stein.

— Leucate, dit Alissa.

— Oui, dit Stein — il répète tout bas —, Leucate.

Silence. Bernard Alione n'a peut-être pas entendu. Il sourit. Il s'est rassis.

— Vous l'avez vue plus que moi ces temps derniers, dit-il, qu'est-ce qu'il y a qui...?

— La peur, dit Stein.

La douceur de leurs regards confond Bernard Alione.

— Ce sera terrible, dit Stein dans un doux murmure, ce sera épouvantable — il regarde Bernard Alione — et déjà elle le sait un peu.

— De qui parlez-vous?

— D'Élisabeth Alione.

Bernard Alione se dresse. Personne ne le retient. Il se rassied. Il a un rire bref.

— Je n'avais pas compris... vous êtes malades, dit-il. Voilà...

Silence. Il est maintenant légèrement en dehors de la table. Il regarde Alissa. Ses yeux sont profondément bleus. Leur regard est heureux et doux.

— Cette crise, demande Alissa, ce docteur.

— Oui, dit Stein, cette mort du docteur.

— Il n'est pas mort, crie Bernard Alione. Silence.

— Je ne comprends pas, dit Bernard Alione... elle vous a parlé de... cet accident?

— Quelle mort avait-il choisi? demande Max Thor.

Silence. Dans un crissement pénible les stores bleus se relèvent. Le temps s'est en effet couvert.

— Il n'est pas mort, dit doucement Bernard Alione, n'allez pas vous mettre ça en tête... Pour elle, Élisa, ça a été la mort de la petite fille, le reste... non non... pensez-vous.

D'un seul coup, avec l'intelligence, la voix blanchit.

— Vous a-t-elle parlé de nous? demande Max Thor.

— Pas encore.

— Nous ne nous sommes pas quittés depuis quatre jours.

Bernard Alione ne répond pas. Il se lève brusquement. Il va vers la baie et dans un long cri il appelle.

— Élisabeth.

Il n'y a pas de réponse. Il se retourne. Ils le regardent.

— Ça ne sert à rien d'appeler, dit Stein.

— Ne faites pas attention à ce que dit Stein, dit Alissa. Elle est en train de revenir.

Bernard Alione se rassied. Il se retourne sur la salle à manger. Elle est vide.

— Ils sont tous partis en excursion, explique Max Thor. Il sourit à Bernard Alione. Vous a-t-elle parlé de nous?

Bernard Alione se met à parler rapidement.

— Non, mais elle le fera plus tard...

j'en suis sûr... vous avez remarqué, elle
est très réservée... sans raison... même avec
moi, son mari.

— Quand elle est partie, demande Alissa,
quand elle vous a demandé de venir faire
un séjour dans cet hôtel, elle ne vous a
pas dit pourquoi?

— De quoi vous mêlez-vous? crie faiblement Bernard Alione.

— Que vous a-t-elle dit? demande Stein.
Alissa se tourne vers Stein.

— Elle a dû lui dire qu'elle avait besoin
d'être seule, seule pendant un certain temps.
Le temps d'oublier ce docteur.

— C'est ça, dit Stein, oui, ça doit être
ça...

— Elle l'a oublié, dit Max Thor, maintenant.

Silence. Alissa a pris la main de Stein et
l'embrasse en silence. Max Thor regarde
du côté du parc. Bernard Alione ne bouge
plus.

— La voici, dit Max Thor.
Dans le temps couvert elle avance en
effet. Elle vient, très lentement. Elle s'ar-

rête. Puis elle repart. Bernard Alione ne la regarde pas venir.

— Où l'avez-vous trouvée? demande Max Thor.

— Ils se connaissaient depuis l'enfance, récite Alissa. Leurs familles étaient amies.

Silence. Les autres la regardent toujours arriver. Elle s'est arrêtée, tournée vers les tennis. Elle a de l'herbe entre les doigts et elle joue.

— Vous vous intéressez beaucoup à elle, décidément, dit Bernard Alione.

— Oui.

— On peut savoir pourquoi? — la voix a repris de la force.

— Pour des raisons littéraires, dit Stein. Il rit.

Stein rit. Alissa le regarde rire dans l'éblouissement.

— Ma femme est un personnage de roman? dit Bernard Alione.

Il ricane. Sa voix est toujours aussi blanche malgré l'effort.

— Admirable, répond Max Thor.

— C'est vous... ? demande Bernard Alione.

Il désigne Max Thor.

— C'est monsieur... Thor qui écrit? demande clairement Bernard Alione.

— Non, dit Max Thor.

— Je ne vois pas ce que vous pourriez raconter sur elle... C'est vrai que maintenant on ne raconte plus rien dans les romans... C'est pour ça que j'en lis si peu... que...

Il les regarde. Ils sont devenus sérieux. Ils ne l'écoutent pas. Élisabeth traverse la salle à manger.

Elle s'assied. Ses yeux sont restés grand ouverts sur le sommeil.

Silence.

— Vous avez vomi? demande Alissa.

Élisabeth a beaucoup de mal à former ses mots.

— Oui.

— Comment était-ce?

Élisabeth réfléchit. Elle sourit.

— Agréable, dit-elle.

— Bien, dit Stein, bien.

Silence. Bernard Alione regarde sa femme. Elle a posé l'herbe sur la table et la regarde.

— J'étais inquiet, dit-il. Ce ne sont pas ces drogues, à la longue?

— Je n'en prends plus.

— Elle n'en prend plus, dit Max Thor, non. — Il s'adresse à Élisabeth Alione. — Vous vous étiez endormie?

— Non.

Silence. Élisabeth lève la tête et son regard s'enfonce dans le regard bleu d'Alissa.

— Tu as vu les yeux? demande-t-elle.

— Oui.

Silence.

— Que fabrique votre usine? demande Stein.

Bernard Alione quitte les yeux d'Alissa, regarde autour de lui, ces quatre visages qui attendent sa réponse. Il se met à trembler.

— Des conserves alimentaires, dit-il avec difficulté.

Silence.

— Ça va recommencer, j'ai envie de vomir, dit Élisabeth Alione.

— Bien, dit Stein, bien.

— Il faut partir, murmure Bernard Alione — il ne bouge pas.

— Vous savez, dit Alissa avec une incomparable douceur, vous savez, nous pourrions, vous aussi, vous aimer.

— D'amour, dit Stein.

— Oui, dit Max Thor. Nous le pourrions.

Silence. Élisabeth a bougé. Elle regarde son mari qui se tient la tête baissée. Elle a commencé à trembler.

— Il faut partir, prévient-elle doucement.

Il ne bouge pas.

— Tu es malade, dit-il. Nous pouvons rester.

— Non.

— Ces nausées...

— Ce n'est qu'un début, dit Max Thor.

— Il faut partir, dit Élisabeth Alione.

Alissa et Stein se sont rapprochés, oublieux.

— Elle l'a dit, dit Stein.

— Oui, il faut partir.

Silence. Alissa ne bouge pas. C'est maintenant le regard d'Élisabeth Alione qui tente de s'agripper aux murs lisses de leurs visages. Il n'y arrive pas.

— Ne lui en voulez pas, dit Max Thor à Bernard Alione, ne lui en voulez pas parce que nous sommes ce que nous sommes.

— Il ne m'en voudra pas, dit-elle. Il sait que vous ne pouvez pas être autrement — elle se tourne vers Bernard Alione —, n'est-ce pas?

Pas de réponse. La tête baissée, il attend.

— Et vous? demande-t-il, qu'est-ce que vous enseignez?

— L'histoire, dit Max Thor. De l'avenir.

Silence. Bernard Alione fixe Max Thor, immobile.

La voix de Bernard Alione est devenue méconnaissable.

— C'est un grand changement? prononce Bernard Alione.

— Il n'y a plus rien, dit Max Thor. Alors je me tais. Mes élèves dorment.

Silence. Tout à coup, voici les doux sanglots d'Élisabeth Alione.

— Il y a encore des enfants? demande-t-elle.

— Il n'y a plus que ça, dit Max Thor.

Elle sourit à travers ses larmes. Il lui prend la main.

— Ah, gémit-elle, quel bonheur.

Bernard Alione continue à interroger, immobile. Il s'adresse à Stein.

— Et vous, Blum? qu'est-ce que vous enseignez? demande-t-il.

— Rien, dit Max Thor. Lui, rien. Et elle non plus.

Silence.

— Quelquefois, dit Alissa, Blum enseigne la théorie de Rosenfeld.

Bernard Alione réfléchit.

— Je ne connais pas, dit-il.

— Arthur Rosenfeld, dit Stein. Il est mort.

— C'était un enfant, dit Max Thor.

— De quel âge? demande Élisabeth dans une plainte.

— De huit ans, dit Stein. Alissa l'a connu.

— Au bord de la mer, dit Alissa.

Silence. Stein et Alissa se tiennent les mains. Max Thor les désigne.

— Eux, dit-il, regardez-les, eux, ce sont déjà des enfants.

— Tout est possible, dit Bernard Alione.

Alissa et Stein n'écoutent pas, en proie, semble-t-il, à une idée commune.

Élisabeth les désigne aussi dans l'émerveillement.

— Elle s'appelle Alissa, dit-elle. Ces deux-là sont ses amants.

Silence.

— Elle est partie de l'hôtel, dit Stein.

— Élisabeth Alione nous a quittés, dit Alissa.

Max Thor se rapproche d'eux. Il tombe dans l'ignorance des autres présences.

— Aurais-tu voulu la revoir? demande Alissa.

— A-t-elle dit pourquoi elle est partie plus tôt? Ce coup de téléphone? L'a-t-elle expliqué?

— Non, on ne saura pas.

Élisabeth Alione est retombée dans le sommeil. Alissa se dégage des mains de

Stein, dresse la tête en direction de Bernard Alione.

— Elle a aperçu quelque chose de notre intérêt pour elle, vous comprenez, dit Alissa. Elle ne l'a pas supporté.

Il ne répond pas. Alissa se lève. Elle tourne dans la salle à manger. Stein la suit des yeux, seul Stein. Elle va près des baies.

— Les tennis sont déserts, dit-elle. Le parc aussi. Ça paraissait impossible qu'elle n'ait rien deviné.

Elle s'immobilise.

— Il y a eu un commencement de... comme un frisson... non... un craquement... de...

— Du corps, dit Stein.

— Oui.

Élisabeth Alione a dressé la tête.

— Il faut partir, dit-elle.

Alors arrive Alissa vers Bernard Alione.

— Vous n'êtes pas pressé, dit-elle.

Elle se tient droite contre lui mais elle regarde, par les baies, la forêt.

— Qu'est-ce qui vous presserait?

— Rien, dit Bernard Alione. Rien.

Elle le regarde.

— Ne nous quittons pas, dit-elle.

Élisabeth se dresse d'un seul coup, sans un mot.

— Venez dans la forêt, dit Alissa — elle ne s'adresse qu'à lui, — avec nous. Ne nous quittons plus.

— Non, crie Élisabeth Alione.

— Pourquoi? demande Bernard Alione. Pourquoi dans la forêt?

Silence.

— Avec moi, supplie Alissa.

— Pourquoi dans la forêt?

Il lève la tête, rencontre les yeux bleus, se tait.

— Elle est classée monument historique, dit Stein.

— Quelques pas, dit-elle, le temps de la voir.

— Non.

— Alissa, appelle Stein.

Elle va reprendre sa place près de Stein.

— Vous avez tort, dit Stein.

Alissa se blottit contre Stein. Elle se plaint comme en chantant.

— C'est difficile, difficile, dit Alissa.

— Vous avez tort, répète Stein.

Élisabeth Alione marche vers son mari. Max Thor s'est levé pour aller vers elle, s'arrête.

— Maintenant il faut partir, dit-elle.

— Oui, dit Max Thor. Partez.

Bernard Alione se lève difficilement. Il est levé. Il montre Alissa et Stein. Stein tient le visage d'Alissa dans ses mains.

— Alissa pleure? demande-t-il.

— Non, dit Stein.

Stein, de ses mains, détourne la tête morte d'Alissa vers son visage et la regarde.

— Elle se repose, dit-il.

Bernard Alione titube légèrement.

— J'ai bu, dit-il, sans m'en apercevoir.

— Bien, dit Stein, bien.

Max Thor fait un pas vers Élisabeth Alione.

— Où allez-vous?

— Nous rentrons.

— Où? demande Alissa sans bouger.

— Ici? demande Stein.

Bernard Alione fait signe que non. Alissa

a relevé la tête et lui sourit. Les deux autres lui sourient avec elle.

— Elle aurait pu vous aimer, vous aussi, dit-elle, si elle était capable d'aimer.

Silence.

— Tout peut arriver, dit Bernard Alione — il a souri.

— Oui.

Silence.

Alissa se dégage des mains de Stein.

— Comment vivez-vous avec elle? crie Alissa.

Bernard Alione ne répond plus.

— Il ne vit pas avec elle, dit Stein.

— Il n'y aura eu que nous, alors?

— Oui.

Max Thor se rapproche d'Élisabeth Alione.

— Il y avait dix jours que vous me regardiez, dit-il. Il y avait en moi quelque chose qui vous fascinait et qui vous bouleversait... un intérêt... dont vous n'arriviez pas à connaître la nature.

Bernard Alione n'entend plus rien, semble-t-il.

— C'est vrai, prononce enfin Élisabeth Alione.

Silence. Ils la regardent mais elle appelle de nouveau le silence sur sa vie.

— On peut rester dans cet hôtel, dit Bernard Alione. Un jour.

— Non.

— Comme tu voudras.

C'est elle qui sort la première. Bernard Alione ne fait que la suivre. Max Thor est toujours debout. Alissa et Stein, maintenant séparés, les regardent.

On entend :

— Les valises sont descendues.

— La note, s'il vous plaît. Je peux vous donner un chèque?

Silence.

— Ils traversent le parc, dit Stein.

Silence.

— Ils passent le long du tennis.

Silence.

— C'est elle qui a disparu la première.

Crépuscule. Le soleil se couche dans le lac gris.

Crépuscule dans l'hôtel.

Stein est allongé sur le fauteuil. Alissa est allongée sur Stein. La tête posée sur sa poitrine.

Longtemps, ils dorment.

Max Thor rentre.

— J'ai dit qu'on nous réveille vers six heures, dit-il.

— C'est la nationale 113, dit Stein sans bouger, il faut la laisser à Narbonne.

— C'est ça.

Max Thor s'allonge dans l'autre fauteuil. Il désigne Alissa.

— Elle se repose, dit Stein.

— Oui. Mon amour.

— Oui.

Max Thor offre une cigarette à Stein. Stein la prend. Ils bavardent à voix basse.

— Peut-être aurait-il fallu laisser cette chose-là dans l'ombre, dit Max Thor, Élisabeth Alione?

— Il n'y aurait pas eu de différence.
Silence.
— Qu'est-ce qui aurait été possible?
Stein ne répond pas.
— Le désir? demande Max Thor, l'usure par le désir?
— Oui, par votre désir.
Silence.
— Ou la mort par Alissa, dit Stein.
Silence.
Stein sourit.
— Nous n'avons plus le choix, dit-il.
Silence.
— Serait-elle allée dans la forêt avec Alissa? demande Max Thor. Que pensez-vous?
Stein caresse les jambes d'Alissa. Il la presse contre lui.
— Elle est à celui qui la veut. Elle éprouve ce que l'autre éprouve. Oui.
Silence.
— Quelques jours de plus auraient été nécessaires, dit Stein, pour qu'elle se soumette au désir d'Alissa.
— Ce désir était fort.

— Oui.

Silence.

— Il n'était pas clair.

— Non. Alissa l'aurait su dans la forêt.

Silence.

— La plage est toute petite, dit Stein. Il sera facile de les retrouver le soir, ou dans les rues, ou dans les cafés. Elle sera heureuse de nous voir.

Silence.

— On dira qu'on s'est arrêté à Leucate en allant en Espagne. Que l'endroit nous plaît. Que nous décidons de rester là.

— Que nous décidons de rester là, oui.

— C'est sur le chemin de notre voyage.

— Oui.

Silence.

— Reposons-nous, dit Stein.

Silence.

— Je vois tout, dit Max Thor. La place. Les cafés. C'est très facile.

— Oui, très. Elle est douce, gaie.

— Reposons-nous, Stein.

— Oui — il désigne Alissa —, elle se repose.

Silence.

— Elle dort bien, dit Stein.

Max Thor regarde Alissa endormie.

— Oui, de notre sommeil.

— Oui.

Silence.

— N'avez-vous pas entendu quelque chose?

— Si. Un craquement de l'air?

— Oui.

Silence. Alissa gémit, bouge, puis s'immobilise.

— Elle rêve, dit Stein.

— Ou elle a entendu, elle aussi?

Silence.

— On frappe sur du cuivre? demande Max Thor.

— On aurait dit...

Silence.

— Ou elle a rêvé? De ses rêves elle ne peut pas décider?

— Non.

Silence. Ils se sourient.

— Elle a dit quelque chose?

Stein regarde Alissa de très près, écoute son corps.

— Non. Sa bouche est entrouverte mais elle ne prononce rien.

Silence.

— Le ciel est un lac gris, dit Max Thor, regardez.

Silence.

— Quel âge a Alissa? demande Stein.

— Dix-huit ans.

— Et lorsque vous l'avez connue?

— Dix-huit ans.

Silence.

— Ça recommence, dit Max Thor. Un bruit sourd, cette fois.

— On a frappé sur un arbre.

— Le sol a tremblé, oui.

Silence.

— Reposons-nous, Stein.

— Oui.

Silence.

— Alissa n'est pas morte?

— Non. Elle respire.

Ils se sourient.

— Reposons-nous.

Stein tient toujours Alissa. Max Thor renverse la tête sur le fauteuil. Il se passe un long moment de repos. Le lac gris du crépuscule noircit.

Ce n'est que lorsque l'obscurité est presque tout à fait complète qu'elle arrive clairement. Avec une force incalculable, dans la sublime douceur, elle s'introduit dans l'hôtel.

Ils ne bougent pas, rient.

— Ah, dit Stein, c'était ça...

— Ah...

Alissa ne bouge pas. Ni Stein. Ni Max Thor.

Avec une peine infinie, la musique s'arrête, reprend, s'arrête de nouveau, revient en arrière, repart. S'arrête.

— Ça vient de la forêt? demande Max Thor.

— Ou des garages. Ou de la route.

La musique repart, forte. Puis s'arrête.

— C'est loin, dit Stein.

— Un enfant qui aura tourné un bouton de radio?

— Sans doute.

Silence. Ils ne bougent pas.

Puis la musique recommence encore, plus forte. Elle dure plus longtemps. Mais elle s'arrête encore.

— Elle vient quand même de la forêt, dit Stein. Quelle peine. Quelle énorme peine. Que c'est difficile.

— Elle doit traverser, traverser.

— Oui. Tout.

La musique recommence. Cette fois dans une amplitude souveraine.

Elle s'arrête encore.

— Elle va y arriver, elle va traverser la forêt, dit Stein, elle vient.

Ils parlent entre la musique et la musique, à voix douce, pour ne pas réveiller Alissa.

— Il lui faut fracasser les arbres, foudroyer les murs, murmure Stein. Mais la voici.

— Il n'y a plus rien à craindre, dit Max Thor, la voici en effet.

La voici en effet, fracassant les arbres, foudroyant les murs.

Ils se sont penchés sur Alissa.

Dans son sommeil, Alissa tend sa bouche d'enfant dans un rire absolu.

Ils rient de la voir rire.

— C'est la musique sur le nom de Stein, dit-elle.

POUR LES REPRÉSENTATIONS

Au théâtre, il n'y aurait qu'un seul décor : la salle à manger de l'hôtel et le parc, séparés par une baie amovible.

Un décor abstrait serait préférable.

Toute la profondeur de la scène devrait être utilisée. Une surface goudronnée, au fond, serait la forêt.

Le tennis resterait invisible. Seul le bruit des balles en parviendrait.

Une figuration humaine serait superflue. Elle peut être évoquée par la lumière sur des objets : chaises longues, en cercle, isolées, ou face à face, blanches. Dans la salle à manger, nappes blanches des tables « occupées ».

La musique du final est de Jean-Sébastien Bach. Il s'agit précisément de la fugue n° 15 de l'Art de la fugue (numérotée 18 ou 19 — d'après la classification de Græser — selon l'édition disquaire).

La pièce devrait être représentée dans un théâtre de dimensions moyennes, de préférence moderne.

Il n'y aurait pas de répétition générale.

Alissa est de taille moyenne, plutôt petite. Pas enfantine, enfant. Ses mouvements doivent être très aisés. Elle est en blue-jeans, pieds nus. Elle a des cheveux mal cciffés, épais, blonds ou bruns.

Stein et Max Thor ont à peu près la même taille. Ils sont, eux, en costume, sans aucune négligence de tenue.

Stein a une démarche rapide, un pas long.

Max Thor est lent dans sa démarche. Il parle beaucoup plus lentement que Stein.

Personne ne crie. L'indication est d'ordre intérieur.

CET OUVRAGE A ÉTÉ ACHEVÉ D'IMPRIMER
LE CINQ OCTOBRE MIL NEUF CENT QUA-
TRE VINGT-QUATRE SUR LES PRESSES DE
JUGAIN IMPRIMEUR S.A. A ALENÇON ET
INSCRIT DANS LES REGISTRES DE L'ÉDITEUR
SOUS LE NUMÉRO 1953

Dépôt légal : octobre 1984